세 편의 동화

부클래식
058

세 편의 동화

테오도르 슈토름

이미선 옮김

부북스

차 례

일러두기

* 국내 초역이며, 번역 원전은 Theodor Storm, Sämtliche Werke in vier Bänden, hrsg. von Karl Ernst Laage und Dieter Lohmeier, Frankfurt a. M. 1988, Bd. 4. (79~156쪽)이다.

레겐투르데

그러니까 한 백 년 전처럼 그렇게 더웠던 여름은 이후 두 번 다시 없었다. 초록빛은 거의 볼 수 없었다. 가축과 들짐승들은 들판에 누워 고통스럽게 죽어가고 있었다.

어느 오전이었다. 마을 길은 비어 있었다. 할 수 있는 일이란 집 안 제일 깊숙한 곳으로 도망가는 것뿐이었다. 동네 개들조차 숨어 있었다. 목초를 재배하는 뚱뚱한 농부만이 위풍당당한 자기 집의 널따란 대문간에 거만하게 서서, 얼굴에 땀을 흘리며 커다란 해포석 파이프로 담배를 피우고 있었다. 그러면서 머슴이 막 작업장으로 옮겨온 커다란 건초더미를 미소를 띤 채 바라보았다. 몇 년 전 그는 습지에 있는 쓸 만한 목초지를 헐값에 샀다. 지난 몇 년간 계속된 가뭄에 이웃 밭의 풀은 모두 말라 죽었지만, 그의 헛간은 향기로운 건초로 가득

찼고, 금고는 반짝이는 크론탈러로 채워졌다.

그는 여전히 그렇게 선 채, 이 넘쳐나는 수확물의 가격이 점점 더 오를 경우 어떤 이익이 올까 계산하고 있었다. '저 사람들은 모두 한 푼도 못 벌 테지.' 손으로 눈에 그늘을 만들며 이웃 농장들 사이로 어른거리는 먼 곳을 바라보며 중얼거렸다. '이제 이 세상에 비는 내리지 않을 거야.' 그러고 나서 막 짐을 푼 마차로 갔다. 건초를 한 줌 뽑아 넓적한 코에 댔다. 마치 강한 건초 향기에 크론탈러 냄새를 더 많이 맡아 낼 수 있기라도 하듯 그렇게 교활하게 미소를 지었다.

바로 그때 한 오십 세 정도의 여인이 집 안으로 들어섰다. 얼굴은 창백했고 근심에 차 보였다. 검은 비단 수건을 목에 꼭 매서 걱정스러운 얼굴 표정이 더욱 두드러져 보였다. "안녕하세요, 이웃 양반. 이건 불덩이군요. 머리카락이 타버리겠어요!" 그녀는 농부에게 악수하며 말했다.

"타게 두세요, 슈티네 부인, 타게 내버려 둬요!" 그가 말했다. "그저 건초더미만 보세요! 나로서는 상황이 아주 나빠질 것 같지 않네요!"

"그래요, 그래. 이웃 양반은 정말 웃을만하죠. 하지만 이렇게 계속되면 우리 다른 사람들은 어쩌라고요!"

농부는 엄지손가락으로 파이프에 든 재를 눌렀다. 그러자 증기구름 같은 연기가 엄청나게 올라왔다. 그가 말했다. "보세요, 이건 아주 영리하게 처신한 결과예요. 죽은 안드레스 아버지한테 내가 늘 말했었죠. 그 양반이 좀 더 잘 생각했더라면 좋았을걸! 도대체 왜 저지대에 있는 땅을 전부 다른 땅과 바꿔버렸을까요! 지금 아주머니는 고지대에 밭을 갖고 있지만, 아주머니네 씨앗과 짐승들은 그곳에서 말라 죽어가고 있잖아요."

여인은 한숨을 쉬었다.

이 뚱뚱한 남자가 갑자기 거만하게 굴며 말했다. "그런데 아주머니, 아주머니가 여기 그냥 오신 게 아니라는 걸 진즉부터 눈치채고 있어요. 마음에 담고 있는 걸 털어놓으시죠!"

과부는 땅을 내려다보았다. "잘 알고 계시잖아요," 그녀가 말했다. "이웃 양반이 우리한테 빌려준 돈, 오십 탈러 말이에요. 성 요한절인 6월 24일까지 갚아야 하는데, 그 날짜가 다가와서요."

농부는 두툼한 손을 그녀의 어깨에 올려놓았다. "자자, 아주머니, 걱정하지 마세요! 난 그날그날 근근이 살아가는 사람이 아닙니다. 그 돈 대신 아주머니 땅들을 내게 저당 잡히면 돼요. 그것들이 최고의 땅은 아니지만, 이번에는 그것으로 충분합니다. 토요일에 나랑 재판관에 가면 돼요."

잔뜩 걱정했던 여인은 안도의 한숨을 쉬었다. "또다시 비용이 드네요." 그녀가 말했다. "하지만 고마워요."

농부는 작은 눈을 그녀에게서 떼지 않았다. "그리고요," 그가 계속했다. "우리가 여기 이렇게 있으니까 하는 얘기인데 말입니다, 아주머니 아들 안드레스 말이에요, 걔가 내 딸을 따라다녀요!"

"세상에, 이웃 양반, 그 아이들은 같이 자랐어요."

"그렇겠죠, 아주머니. 하지만 그 애가 이제 결혼하면서 재산까지도 함께 얻을 수 있다고 생각한다면, 그건 나를 염두에 두지 않고 계산한 거죠!"

힘없는 그 여인은 몸을 약간 곧추세우고는 거의 분노하는 듯한 눈길로 그를 쏘아보았다. "대체 내 아들 안드레스를 왜 비난하는 거예요?" 그녀가 물었다.

"내가 댁의 안드레스를요, 아주머니? — 원 세상에, 천만에요! 하지만" — 그리고 입고 있는 붉은 조끼의 은 단추를 손으로 만지작거리면서 — "내 딸은 바로 내 딸이란 말이에요. 목초 재배지를 가진 농부의 딸은 더 나은 남자에게 시집갈 수 있어요."

"너무 그렇게 무시하지 마세요, 이웃 양반!" 여인이 부드럽게 말했다. "몇 해 가뭄이 들었지만 그전에는 —!"

"하지만 오래전부터 가뭄이 들었고, 여전히 계속되고 있어요. 그리고 아주머니는 올해도 곳간에 수확물을 못 들여놓을 것 같네요. 그리고 그렇게 댁의 형편은 점점 더 나빠지겠죠."

여인은 깊은 생각에 빠져, 농부의 마지막 말은 거의 듣지 못한 듯했다. "그래요." 그녀가 말했다. "유감스럽지만, 이웃 양반 말이 맞을 거예요. 레겐트루데가 잠에 빠진 게 분명해요. 그렇지만 — 그녀는 잠에서 깨어날 수 있을 거예요!"

"레겐트루데라고요?" 농부가 거칠게 반복했다. "아주머니도 그 허튼소리를 믿어요?"

"허튼소리가 아녜요, 이웃 양반!" 그녀는 무슨 비밀 이야기를 하듯 말했다. "내 할머니, 그분이 아직 젊었을 때, 레겐트루데를 깨운 적이 있어요. 그분은 나중까지 주문을 기억하고 계셨고, 내게 가끔 들려주셨어요. 하지만 나는 그 주문을 오래전에 잊어버리고 말았지요."

뚱뚱한 농부는 조끼의 배 쪽에 달린 은 단추가 요동을 칠 정도로 웃어댔다. "그래요, 아주머니, 그렇게 앉아서 주문이나 기억해 내시구려. 난 내 온도계를 믿을 테니. 이놈은 벌써 8주째 좋은 상태에 머물러 있어요."

"온도계는 죽은 물건이에요, 이웃 양반. 온도계가 날씨를 만들 수는 없어요!"

"그리고 아주머니의 레겐트루데는 도깨비, 망상, 아무것도 아닌 뭣이고요!"

"그래요, 이웃 양반," 여인은 수줍은 듯 말했다. "댁은 새로운 종교를 가진 사람 중의 하나죠!"

그러나 농부는 점점 더 열중했다. "새 종교를 믿건 오래된 걸 믿건!" 그가 소리를 쳤다. "가서 댁의 레겐트루데나 찾으세요. 그리고 찾으시걸랑 그 주문을 외우시구려! 그리고 아주머니가 오늘 안에, 즉 스물네 시간 안에 비를 오게 하면, 그러면 —!" — 그는 말을 멈추고 담배 연기를 길게 몇 번 내뿜었다.

"그러면 뭐요, 이웃 양반?" 여인이 물었다.

"그러면 — 그러면, — 젠장, 예, 댁의 안드레스가 내 딸 마렌과 결혼하는 거요!"

이 순간 거실문이 열리고, 밤색 눈의 예쁘고 날씬한 처녀가 문에서 나와 그들에게로 왔다. "좋아요, 아버지!" 그녀가 외쳤다. "그 말씀 지키셔야 해요!" 그리고 마침 길에서 집으로 들어서는 나이가 든 남자에게 몸을 돌리더니 "들으셨죠, 이장 아저씨!"라고 했다.

"그래, 그래, 마렌," 농부가 말했다. "아비한테 대항하려고 증인을 댈 필요는 없다. 내가 한 말에서 한마디도 어기지 않을 거다!"

이장은 그사이 긴 지팡이에 몸을 의지하고 잠시 집 밖을 내다보았다. 이제 더 밝아진 그의 눈은 타는 듯한 하늘 깊숙이 하얀 점이 떠도는 것을 보았다. 혹은 보고 싶었을지도 모른다. 그래서 보았다고 믿었다. 그는 의미심장하게 웃으면서 말했다. "두고 보세요, 어쨌든 안드레스는 훌륭한 청년이에요!"

바로 뒤, 목초 재배 농부와 이장이 여러 가지 계산 때문에 농부 집 거실에 함께 앉아 있을 때, 마렌은 슈티네 부인과 함께 마을의 다른 쪽에 있는 그녀의 집으로 들어서고 있었다.

"하지만 얘야," 과부가 물레를 구석에서 가져오며 말했다. "너 레겐투르데를 깨우는 주문을 알고 있니?"

"제가요?" 놀란 듯 머리를 뒤로 젖히며 소녀가 물었다.

"그래, 네가 아버지께 그렇게 용감하게 나서기에 그냥 그렇게 생각했단다."

"아녜요, 아주머니, 마음이 그냥 그랬어요. 그리고 아주머니께서 분명 기억해내실 거로 생각했어요. 머릿속을 조금만 정리해 보세요. 어느 구석엔가 아직 들어있는데 잊고 계신 게 분명해요!"

슈티네 부인은 머리를 흔들었다. "할머니는 네가 어릴 때 놀아가셨어. 하지만 아직도 생각난다. 그때 지금처럼 큰 가뭄이 들었고, 그래서 씨앗이나 짐승들에게 불행이 닥쳤을 때, 할머니가 아주 은밀히 말씀하시곤 했어. '이건 내가 언젠가 레겐트루데를 깨웠기 때문에 포이어만이 우리를 골탕먹이려고 하는 거야!'라고 말이다."

"포이어만이요?" 마렌이 물었다. "그게 대체 누군데요?" 하지만 그녀는 대답을 듣기 전에 창문으로 달려가 외쳤다. "보세요, 아주머니, 저기 안드레스가 와요. 근데 보세요, 정말 정신이 나간 것 같아요!"

과부는 물레에서 몸을 일으켰다. "그렇구나, 애야." 그녀가 우울하게 말했다. "근데 저 애가 등에 뭔가 짊어지고 오는 것 안 보이니? 또 양 한 마리가 목이 타서 죽었구나."

곧이어 젊은 농부가 방으로 들어와서 죽은 짐승을 여인들 앞 식탁에 내려놓았다. "이것 좀 보세요!" 달아오른 이마에 흐르는 땀을 손으로 훔치며 그가 침울하게 말했다.

여인들은 죽은 짐승보다는 그의 얼굴을 쳐다보고 있었다. "그렇게 마음 아파하지 마, 안드레스!" 마렌이 말했다. "우리가 레겐트루데를 깨울 거야. 그러면 모든 것이 다시 좋아질 거야."

"레겐트루데!" 그가 덤덤하게 반복했다. "그래 마렌, 누가 그녀를 깨울 수만 있다면! ―그런데 그냥 이 죽은 짐승 때문에 기분이 이런 건 아냐. 밖에서 정말 생각도 못 한 일이 일어났어."

어머니는 다정하게 그의 손을 쥐었다. "얘야, 그럼, 말을 해봐라." 그녀는 타이르며, "그렇게 해서라도 마음을 추스려야지."

"그럼 들어보세요!" 그가 대답했다. ─ "저는 우리 양들을 보려고 했어요. 그리고 어제저녁에 양들이 먹으라고 길어다 놓은 물이 아직 마르지 않았는지 보려고 했죠. 그런데 방목장에 도착했을 때, 그곳이 제대로 되어 있지 않은 걸 곧바로 알아차렸어요. 물통이 제가 놓았던 곳에 없었어요. 그리고 양들도 안 보였지요. 저는 밭의 경계를 따라서 큰 언덕이 있는 곳까지 내려갔죠. 다른 쪽에 갔을 때, 거기에 양들이 모두 숨을 헐떡거리며 목을 길게 땅으로 늘어뜨리고 누워 있는 걸 봤어요. 여기 있는 이 불쌍한 놈은 이미 죽어 있었지요. 그 옆에 물통이 엎어져 있었고 벌써 완전히 말라 있었어요. 짐승들이 그렇게 할 수는 없었을 거예요. 이건 못된 인간이 장난을 친 게 분명해요"

"얘야, 얘야!" 어머니가 그의 말을 막았다. "누가 이 가련한 과부에게 고통을 더해주는 거냐!"

"그냥 들어보세요, 어머니, 얘기가 더 있어요. 저는 언덕을 올라가서 사방을 둘러보았어요. 하지만 사람은 하나도 보이지 않았어요. 다른 날들처럼 이 뜨거운 불볕이 소리 없이 들판 위에 내리쪼이고 있었어요. 큰 바위들 사이에 언덕 속으로 들어가는 난쟁이 굴이 있는데, 제 옆에 있는 그 바위 중의 하나에 통통한 도롱뇽 한 마리가 앉아서 못생긴 몸뚱이에 햇볕을 쬐고 있었죠. 그렇게 반은 어쩔 줄 몰라 하면서, 반은 화를 내며 주위를 노려보고 있는데, 갑자기 제 뒤 언덕의 다른 쪽에서 누군가 혼자 열심히 지껄이는 것같이 중얼거리는 소리가 들렸어요. 그래서 고개를 돌렸더니 불같이 빨간 옷에 끝이 뾰족한 모자를 쓴 쭈글쭈글하고 작은 남자가 아래쪽 히스 사이에서 오르락내리락하는 게 보였어요. — 저는 깜짝 놀랐죠. 이 사람이 갑자기 나타났기 때문이에요! — 게다가 이 남자는 아주 고약하고 볼품없게 생겼어요. 커다란 적갈색 손은 뒷짐을 지고, 거미 다리처럼 생긴 구부러진 손가락을 허공에서 꼼지락거렸어요. — 저는 언덕에서 튀어나온 바위들 옆에서 자라는 가시덤불 뒤로 갔어요. 거기서 들키지 않고 모든 걸 볼 수가 있었죠. 그 사람은 몸을 구부리더니 타들어 가는 풀을 한 디발 땅에서 잡아 뜯었어요. 저는 그 사람이 그 호박 같은 머리로 앞으로 곤두박질치는 줄 알았어요. 하지만 곧 다시 그 거미 같은 다리로 일어섰어요. 그러면서 마른 풀을 그 커다란 손으로 비벼 가루로 만들더니, 엄청나게 웃어젖히기 시작했어요. 언덕 다른 편에서 반쯤 죽어가던 양들이 벌떡 일어나서는 기겁을 해서 밭의 경계를 향해 뛰어 내리달아날 정도였거든요. 그 작은 남자는 더 깔깔대고 웃었어요. 그러더니 이쪽저쪽 다리로 뛰기 시작했어요. 가는 막대기 같은 다리가 덩어리 같은 몸통 아래서 부러지지나 않을까 걱정스러웠어요. 보고 있기가 무서웠어요. 그의 작고 검은 눈에서 정말로 불똥이 튀었거든요."

과부는 조용히 소녀의 손을 잡았다.

"이제 알았지, 포이어만이 누군지?" 그녀가 말했다. 소녀가 고개를 끄덕였다.

"그런데 가장 끔찍했던 건," 안드레스가 계속했다, "그의 목소리였어요. '그들이 이걸 알기만 하면, 그들이 이걸 알기만 하면! 그 버릇없는 놈, 그 바보 농부' 하고 소리쳤어요. 그리고 나서는 그르렁거리고 꽥꽥거리는 목소리로 아주 이상한 주문을 노래했어요. 처음부터 끝까지 계속 반복해서 불렀어요. 질리지도 않는 것처럼요. 기다려 보세요, 어쩌면 아직 모두 다 기억할 수 있을 것 같아요!"

그리고 잠시 후에 그는 말을 이었다.

"안개는 피도,

먼지는 샘물!"

아들이 얘기하는 동안 부지런히 물레를 돌리던 어머니가 갑자기 물레를 멈추었다. 그리고 긴장된 눈으로 아들을 쳐다보았다. 그러나 아들은 다시 입을 다물었고, 기억을 해내려는 듯 보였다.

"계속해 봐라!" 그녀가 조용히 말했다.

"더 이상은 모르겠어요, 어머니. 잊어버렸어요. 오는 길에 백 번도 더 혼자 중얼거렸는데."

그러나 슈티네 부인이 자신 없는 목소리로

"숲들은 말이 없고,
포이어만은 이리저리 들판 위에 춤추네!"

라고 계속하자, 그가 서둘러 덧붙였다.

"주의하라!
네가 깨어나기 전,
어머니가 너를 데려가신다
집으로 밤으로!"

"이게 레겐트루데의 주문이야!" 슈티네 부인이 외쳤다. "자 이제 빨리 다시 한 번 해보자! 얘야, 마렌, 잘 기억해 두어라. 또 잊어버리지 않도록!"

이제 어머니와 아들이 다시 한 번 함께, 더듬지 않고 주문을 외웠다.

"안개는 파도,
먼지는 샘물!
숲들은 말이 없고,
포이어만은 이리저리 들판 위에 춤추네!
주의하라!
네가 깨어나기 전,
어머니가 너를 데려가신다
집으로 밤으로!"

"자, 이제 모든 걱정은 끝이야!" 마렌이 외쳤다. "이제 레겐 트루데를 깨우자. 내일이면 들판은 다시 푸르게 될 거고, 모레 는 결혼식이야!" 그리고 눈을 빛내며 빠른 말로 마렌은 아버 지가 한 약속을 안드레스에게 이야기해 주었다.

"얘야," 슈티네 부인이 다시 말을 했다. "그런데 넌 레겐트루데한테 가는 길을 알고 있니?"

"아뇨, 아주머니, 그럼 아주머니도 길을 모르시는군요!"

"마렌, 레겐트루데를 본 것은 할머니란다. 그 길에 대해서는 한 번도 이야기해주시지 않았어."

"자, 안드레스," 마렌이 말하며 젊은 농부의 팔을 잡았다. 그는 그사이 이마를 찌푸리며 앞쪽을 바라보고 있었다. "말 좀 해봐! 너는 늘 어떻게든 해결책을 알고 있잖아!"

"지금도 어떻게 해야 할지 알 것 같아." 그가 생각에 잠겨 대답했다. "오늘 점심때 양들에게 또 물을 길어다 주어야 해. 어쩌면 장미 덩굴 뒤에서 포이어만이 하는 말을 엿들을 수 있을 거야! 주문을 누설한 걸 보면, 아마 길도 누설할 거야. 그의 커다란 머리통은 이 일로 꽉 차 있는 것 같았거든."

이렇게 하기로 했다. 이런저런 말을 해봤지만, 더 나은 방법을 찾지 못했기 때문이다.

곧 안드레스는 물지게를 지고 위쪽 목장으로 갔다. 커다란 언덕 가까이 다가가자, 벌써 멀리 그 요괴가 난쟁이 굴 앞의 바위 위에 앉아 있는 것이 보였다. 그는 다섯 손가락을 쫙 펼쳐 붉은 수염을 빗질하고 있었다. 그가 손을 쭉 훑을 때마다, 한 덩어리의 불똥이 떨어져 내려와서 들판 위의 작열하는 햇살 속을 떠다녔다.

'이제 너무 늦게 왔네.' 안드레스는 생각했다. '오늘은 아무 것도 알아내지 못할 것 같아.' 마치 아무것도 보지 못한 듯, 안 드레스는 여전히 물통이 엎어져 있는 옆쪽으로 방향을 바꾸 려고 했다. 그런데 그를 소리쳐 부르는 소리가 들렸다. "넌 나 와 이야기를 해야만 할 것 같은데!" 등 뒤쪽에서 요괴가 꽥꽥 거리는 목소리로 말을 했다.

안드레스는 몸을 돌려 몇 발자국 되돌아갔다.

"제가 당신과 무슨 말을 해야만 한다는 거죠?" 그가 대답 했다. "저는 당신을 모르는데요."

"그렇지만 넌 레젠트루데한테 가는 길을 알고 싶어하잖아!"

"도대체 누가 그걸 알려드렸죠?"

"내 작은 손가락이지. 얘는 큰 녀석들보다 훨씬 똑똑해."

안드레스는 용기를 긁어모아서 몇 걸음 더 가까이 언덕 위에 있는 괴물에게로 다가갔다. "당신의 작은 손가락은 정말 똑똑한 것 같군요. 하지만 비를 만드는 여인에게로 가는 길 은 모를 거예요. 왜냐하면, 그 길은 세상에서 제일 똑똑한 사 람도 모르거든요."

요괴는 두꺼비처럼 부풀어 올랐고, 몇 번 그의 갈고리 손으로 불꽃같은 수염을 쏟아내렸다. 안드레스는 쏟아져 내리는 불꽃 때문에 한 걸음 뒤로 물러났다. 요괴는 갑자기 잘난 척하며 경멸하는 표정을 짓더니 거만하고 사악한 작은 눈으로 젊은 농부를 바라보면서 으르렁거리듯 말했다. "안드레스, 넌 너무 멍청해. 레겐트루데는 커다란 숲에 산다고 말을 해줘도, 넌 아마 그 숲 뒤에 속이 빈 버드나무가 있다는 것은 알지 못할 거다."

'이제 바보같이 구는 게 필요해!' 안드레스는 생각했다. 그는 보통은 정직한 젊은이지만 농부의 현명함도 충분히 타고났기 때문이다. "맞는 말씀이에요," 그가 대답했다. 그리고 다시 말을 했다. "저는 분명 그건 알지 못할 거예요."

"그리고," 요괴가 계속했다. "숲 뒤에 속이 빈 버드나무가 있다고 말을 해줘도, 넌 나무 안에 있는 계단이 비를 내리는 여인의 정원으로 이어진다는 것을 알지 못할 거다."

"그걸 어떻게 짐작이나 할 수 있겠어요!" 안드레스가 대답했다. "저는 곧장 나무 안으로만 가면 될 거로 생각했어요."

"그리고 네가 곧장 그 안으로 들어갈 수 있다고 쳐도, 순수한 처녀만이 레겐트루데를 잠에서 깨울 수 있다는 건 여전히 알지 못할 거다." 요괴가 말했다.

"그럼요, 당연하죠." 안드레스가 대답했다. "그럼 저는 아무것도 못 할 테고, 그럼 그냥 다시 집으로 돌아오려고 할 거예요."

간교한 미소가 요괴의 큰 입가에 떠돌았다. "우선 길어 온 물을 물통에다 붓지 않겠니?" 그가 물었다. "저 예쁜 가축은 분명 목이 탈 텐데."

"벌써 네 번째로 옳은 말씀이세요!" 젊은이가 대답하고는 물통을 들고 언덕을 돌아갔다. 하지만 큰 통에 물을 붓자마자, 물은 피식거리며 흰 증기가 되어 솟구치더니 허공으로 사라져 버렸다. '그래 좋아!' 그가 생각했다. '양들을 집으로 몰고 가자. 그리고 내일 아침 일찍 마렌을 레겐트루데에게로 데려갈 거다. 마렌이 레겐트루데를 깨워야만 해!'

언덕의 반대편에서는 요괴가 앉아 있던 바위에서 뛰어올랐다. 그는 붉은 모자를 허공에 던지며 깔깔대고 웃으며 산을 구르듯 내리달았다. 그러고는 다시 그 앙상한 거미 다리로 뛰어오르며 미친 듯 춤을 추고 돌아다니며, 꽥꽥거리는 목소리로 다른 쪽을 향해 소리쳤다. "바보, 어리석은 농부! 나를 속였다고 생각했겠지. 하지만 트루데는 제대로 된 주문으로만 깨울 수 있다는 것은 여전히 모르고 있어. 그리고 그 주문은 에켄에켄펜 외에는 아무도 모르지. 에켄에켄펜 그건 바로 나야!"

사악한 요괴는 오전에 자신이 주문을 누설했다는 것을 몰랐다.

마렌 방 앞 정원에 서 있는 해바라기 위로 막 아침 첫 햇살이 떨어지고 있었다. 그때 마렌은 벌써 창문을 열고 머리를 신선한 공기 속으로 내밀었다. 그녀 방 바로 옆 거실에 딸린 작은 방에서 자고 있던 아버지가 그 바람에 깬 것이 분명했다. 바로 전까지 벽을 울리던 코고는 소리가 갑자기 멈췄기 때문이다. "뭐 하니, 마렌?" 그가 잠에 취한 목소리로 물었다. "무슨 일 있니?"

소녀는 손가락을 입에 갖다 대었다. 그녀가 하려는 일을 아버지가 알게 된다면 분명 집 밖으로 나가지 못하게 할 것을 알기 때문이었다. 그녀는 빨리 마음을 가다듬었다. "잠을 잘 수가 없었어요, 아버지." 그녀가 대답했다. "사람들과 함께 목초지에 나갈게요. 오늘 아침은 날이 아주 상쾌해요."

"그럴 필요 없다, 마렌." 그가 대답했다. "내 딸은 일꾼이 아니다!" 그러고 나서 잠시 뒤에 덧붙였다. "그래, 하고 싶으면 해라! 하지만 더위가 기승을 부리기 전에 제때에 돌아와야 한다. 그리고 바름비어[1] 잊지 마라!" 그러고는 몸을 다른 쪽으로 돌리는 바람에 침대가 삐걱거렸다. 그리고 곧이어 늘 듣던 규

---

1 바름비어(Warmbier): 검은 통밀빵 가루, 설탕 혹은 시럽과 향료를 넣고 끓인 맥주 스프로 커피가 일반화되기 전의 일반적인 아침 식사.

칙적인 코고는 소리가 들렸다.

마렌은 조심스레 방문을 닫았다. 대문을 빠져나올 때, 두 명의 하녀가 머슴을 깨우는 소리가 들렸다. "그렇게 거짓말을 해야만 하다니, 창피한 일이야. 하지만" — 그리고 약간 한숨을 쉬면서, "좋아하는 사람을 위해서 뭔들 못하겠어!"

저쪽에서는 안드레스가 외출복을 입고 벌써 그녀를 기다리고 있었다. "주문 아직도 외고 있지?" 그가 그녀를 향해 말했다.

"그래, 안드레스! 그리고 넌 길을 아직도 알고 있지?" 그는 고개만 끄덕였다.

"자 가자!" — 하지만 바로 그때 어머니 슈티네가 집에서 나와 아들의 주머니에 꿀 술이 든 작은 병을 넣어 주었다. 그러면서 "이건 할머니께 받은 거다. 그분은 이걸 늘 남모르게 감추어두고 소중하게 간직하셨어. 뙤약볕 속에서 너희에게 도움이 될 거다."

그리고 두 사람은 아침 햇살을 받으며 조용한 마을 거리를 내려왔다. 과부는 오랫동안 그 자리에 서서 젊은 사람들의 힘찬 그림자가 사라진 쪽을 바라보았다.

두 사람이 가는 길은 마을 장터 뒤쪽 넓은 들 위로 이어졌다. 그러고 나서 그들은 커다란 숲에 도달했다. 하지만 숲의 나뭇잎들은 거의 말라 땅에 떨어져 있어서, 햇살이 사방에서 비쳐들었다. 두 사람은 변화하는 햇살 때문에 거의 눈이 멀 지경이었다. — 얼마 동안 참나무와 너도밤나무의 높은 줄기 사이를 지나왔을 때, 마렌이 젊은이의 손을 잡았다.

"왜 그래, 마렌?" 그가 물었다.

"마을 시계가 울리는 소리를 들었어, 안드레스."

"그래, 나도 들었어."

"여섯 시일 거야!" 그녀가 다시 말했다. "이제 누가 아버지께 바름비어를 만들어 드리지? 하녀들은 모두 들판에 있는데."

"몰라, 마렌. 하지만 걱정해도 아무 소용없잖아!"

"소용없지." 그녀가 말했다. "이제 아무 소용없어. 그런데 너 우리 주문은 아직도 외우고 있는 거지?"

"그럼, 마렌!

안개는 파도,
먼지는 샘물!"

그리고 그가 잠시 머뭇거리자, 그녀가 급히 이었다.

"숲들은 말이 없고,

포이어만은 이리저리 들판 위에 춤추네!"

"오!" 그녀가 말했다. "해가 정말 뜨거워!"

"맞아." 안드레스가 말하며 뺨을 문질렀다. "굉장히 뜨겁네."

드디어 그들은 숲에서 나왔다. 몇 걸음 앞에 정말 늙은 버드나무가 서 있었다. 어마어마한 줄기는 거의 비어있었고, 그 안의 어둠은 땅속 심연으로까지 이어진 듯 보였다. 처음에는 안드레스 혼자서 내려갔다. 그사이 마렌은 나무 구멍에 기대어 그를 보려고 했지만, 곧 시야에서 사라졌다. 아래로 내려가는 사람이 내는 소리만이 귀를 울렸다. 겁이 나기 시작했다. 그녀가 있는 위쪽은 그렇게 고요했고, 아래쪽으로부터도 드디어 아무 소리도 들려오지 않았다. 마렌은 나무 구멍 속으로 머리를 깊이 집어넣고는 소리쳤다. "안드레스!" 하지만 온통 고요하기만 했다. 한 번 더 소리쳤다 "안드레스!" — 조금 뒤에 아래쪽에서 그가 다시 올라오는 소리가 들리는 것 같았다. 점차 그녀의 이름을 부르는 젊은이의 목소리를 알아듣게 되었다. 그리고 자신을 향해 뻗은 그의 손을 잡았다. "계단이 아래로 이어져 있어." 그가 말했다. "그런데 경사가 심하고 부서져 있어. 저 아래쪽까지 얼마나 깊은지 알 길이 없네."

마렌은 놀랐다. "겁내지 마." 그가 말했다. "너를 내 어깨에 태우고 갈게. 내 발은 안전하거든." 그러면서 그는 날씬한 소녀를 넓은 어깨에 태웠다. 그녀가 그의 목에 팔을 꼭 감자, 그는 조심스레 그녀와 함께 아래로 내려가기 시작했다. 칠흑 같은 어둠이 그들을 에워쌌다. 하지만 마렌은 달팽이처럼 꼬인 계단 아래로 내려가면 갈수록 안도의 숨을 내쉬었다. 이곳 땅속은 서늘했기 때문이다. 위쪽에서부터 어떤 소리도 내려오지 않았다. 단 한 번 멀리서 아련하게 햇살 속으로 헛되이 솟아오르려는 지하수가 졸졸거리는 소리를 들었을 뿐이다.

"저게 뭐지?" 마렌이 속삭였다.

"몰라, 마렌."

"그런데 도대체 끝이 없는 거야?"

"거의 그런 것 같아."

"요괴가 너를 속인 게 아니었으면!"

"그렇지는 않을 거야, 마렌."

그렇게 그들은 점점 더 깊이 내려갔다. 드디어 다시 발아래 희미한 햇빛을 보았다. 내려가면 갈수록 빛은 점점 더 밝아졌다. 동시에 숨이 막히는 더위도 올라왔다.

맨 아래 계단에서 넓은 곳으로 나오자, 그들 앞에는 아주 낯선 곳이 펼쳐져 있었다. 마렌은 당황하며 주위를 둘러보았다. "그런데 태양은 똑같은 것 같네!" 그녀가 드디어 말했다.

"적어도 더 시원하지는 않네." 안드레스가 소녀를 땅에 내려놓으며 말했다.

그들이 서 있는 곳은 돌로 된 넓은 제방이었다. 여기서부터 늙은 버드나무가 늘어선 가로수 길이 멀리까지 뻗어 있었다. 오래 생각하지 않고, 마치 길의 안내라도 받은 듯 그들은 곧바로 늘어선 나무 사이를 따라 걸었다. 양옆을 살펴보니 황량하고 광활한 저지대가 펼쳐져 있었다. 이곳은 온갖 종류의 도랑과 웅덩이로 갈라져 있었다. 마치 물이 빠진 호수와 강바닥의 끝없는 혼란처럼 보였다. 마른 갈대에서 나는 것 같은 숨막히는 냄새가 공기를 채우고 있었기 때문에 더욱 그런 것 같았다. 떨어져 서 있는 나무들 그림자 사이에서는 뜨거운 열기가 솟아오르고 있었다. 그래서 길을 가고 있는 두 사람은 작고 흰 불꽃이 먼지 날리는 길 위로 날아오르는 것을 보고 있는 것 같았다. 안드레스는 요괴의 불꽃 수염에서 떨어지던 불똥이 생각났다. 한 번은 마치 작렬하는 햇살 속에서 두 개의 검은 눈동자를 본 것 같은 생각이 들기도 했다. 그리고 나서는 분명하게 자기 옆에서 짧은 거미 다리로 미친 듯이 뛰어오르는 소리를 들었다고 생각했다. 그의 옆에서 왼쪽으로 뛰어오르기도 하고, 오른쪽으로 뛰어오르기도 했다. 하지만 그가 고개를 돌리면 아무것도 볼 수가 없었다. 뜨거운 대기만이 눈 앞에 눈부시게 아른거릴 뿐이었다. '그래.' 그는 소녀의 손을 잡고 힘겹게 앞으로 걸어가며 생각했다. '우릴 화나게 하고 있지만, 넌 오늘은 아무 짓도 못해!'

그들은 자꾸자꾸 앞으로 갔다. 한 사람은 다른 사람의 숨결이 점점 더 힘들어지는 소리를 들었다. 단조로운 길은 끝이 없는 것 같았다. 그들 곁에는 반쯤 잎이 떨어진 회색 빛깔의 버드나무가 늘어서 있고, 아래쪽 옆으로는 곳곳에 말라붙은 음산한 저지대가 놓여 있었다.

갑자기 마렌이 멈춰 서더니 눈을 감고 버드나무에 기대어 섰다. "더는 못 가겠어." 그녀가 중얼거렸다. "공기가 불덩이 같아."

그때 안드레스는 지금까지 손대지 않고 있던 꿀 술이 생각났다. — 그가 마개를 뽑자 아마 백 년도 더 전에 벌들이 이 음료수를 위해 꿀을 모았던 그 수천 송이의 꽃이 마치 다시 한 번 더 피기 위해 깨어나는 것처럼 향기가 사방으로 퍼졌다. 소녀의 입술이 병 주둥이를 건드리자마자, 그녀는 눈을 번쩍 떴다. "오, 무슨 아름다운 초원에 우리가 있는 거야?" 그녀가 외쳤다.

"초원에 있는 게 아니야, 마렌. 그냥 마셔. 힘이 날 거야!"

그녀는 다 마시고 나자 몸을 일으키더니 초롱초롱해진 눈으로 주변을 둘러보았다. "너도 마셔, 안드레스." 그녀가 말했다. "정말 여자는 너무 약해!"

"근데 이거 진짜 좋은 술이다!" 안드레스가 마신 뒤에 외쳤다. "할머니께서 어떻게 이 술을 만드셨는지는 하늘만 알 거야!"

그런 뒤 원기를 회복한 그들은 즐겁게 떠들며 계속 나갔다. 그러나 소녀는 잠깐 뒤에 다시 멈춰 섰다.

"왜 그래, 마렌?" 안드레스가 물었다.

"아, 아무것도 아냐. 그냥 생각 좀 했어!"

"뭘 생각했는데, 마렌?"

"봐, 안드레스! 우리 아버지는 건초 절반은 아직도 목초지에 놔두신 상태야. 그런데도 나는 비를 내리게 하려고 하잖아."

"너희 아버지는 부자야, 마렌. 하지만 우리 다른 사람들은 우리의 알량한 건초를 이미 오래전에 헛간에 들여놨어. 그리고 우리 열매 전부는 아직도 말라빠진 줄기에 매달려 있잖아."

"그래, 그래, 안드레스. 네 말이 맞아. 다른 사람들 생각도

해야지!" 그러나 그녀는 얼마 뒤에 조용히 혼잣말했다. '마렌, 마렌, 핑계를 대지 마. 너는 모든 것을 네 애인을 위해서 하고 있잖아!'

그렇게 다시 한동안 계속 걸어갔다. 갑자기 마렌이 외쳤다. "저게 뭐야! 여기가 어디지? 이건 정말 어마어마하게 큰 정원이네!"

정말로 그들은 그곳에 있었다. 어떻게 그렇게 되었는지는 모르지만 단조로운 버드나무 가로수 길에서 커다란 공원에 도착해 있었다. 넓지만 역시 다 타들어 간 잔디밭에는 크고 웅장한 나무들이 사방에 무리 지어 솟아 있었다. 나뭇잎들 절반은 떨어졌고, 나머지는 말라버렸거나 늘어진 채 나뭇가지에 매달려 있었다. 하지만 쭉쭉 뻗은 가지들은 여전히 하늘로 치솟아 있었고 힘찬 뿌리들은 넓게 땅에 뿌리박고 있었다. 두 사람이 결코 본 적이 없는 꽃 무더기가 여기저기 바닥을 덮고 있었다. 하지만 이 모든 꽃도 시들었고 향기가 없었다. 아마 꽃이 한창 필 시기에 치명적인 열기에 해를 입은 것 같았다.

"우리 제대로 온 것 같아!" 안드레스가 말했다.

마렌은 고개를 끄덕였다. "내가 돌아올 때까지, 넌 여기 남아 있어야 해."

"그래." 커다란 참나무 그늘에서 몸을 쭉 뻗고 누우면서 안드레스가 대답했다. "이제 나머지는 네 일이야! 주문 잘 외우고 있어. 나중에 잘못 말하지 말고!—"

이제 마렌은 혼자 넓은 잔디밭 위를 걸어갔고, 하늘처럼 높은 나무들 아래를 지나갔다. 뒤에 남겨진 안드레스에게는 곧 그녀가 보이지 않게 되었다. 그녀는 적막 속을 계속 걸어갔다. 울창한 나무숲이 끝나고 땅이 낮아졌다. 그녀는 말라붙은 강바닥으로 가고 있다는 것을 알아차렸다. 흰 모래와 자갈이 땅바닥을 덮고 있었고, 그사이에 죽은 물고기들의 은빛 비늘이 햇살 속에서 반짝였다. 호수 바닥 한가운데는 이상하게 생긴 회색빛 새가 앉아 있었다. 수오리 비슷하게 생겼는데, 몸을 위로 뻗는다면 그 머리가 사람 키를 넘어설 만큼 큰 새였다. 지금 그 새는 긴 목을 날개 사이에 묻고 졸고 있는 듯 보였다. 마렌은 겁이 났다. 꼼짝 않는 기분 나쁜 새 이외에 살아있는 것이라고는 볼 수가 없었다. 파리 한 마리가 윙윙거렸지만, 그 소리조차 여기 이곳의 정적을 깨지는 못했다. 정적이 마치 공포처럼 이 장소를 뒤덮고 있었다. 무서워서 애인을 부를까 하는 마음이 잠깐 들었지만 감히 그렇게 하지 못했다. 이 황량함 속에서 자신의 목소리를 듣는 게 다른 무엇보다도 더 끔찍할 것 같았기 때문이었다.

그래서 그녀는 먼 곳, 나무가 빽빽하게 우거진 숲이 솟아 있는 곳으로 또다시 눈을 두며, 양옆에는 눈길도 주지 않고 계속 걸어갔다. 커다란 새는 꼼짝도 안 했다. 그녀가 조용히 그 곁을 지나갈 때, 잠시 흰 눈꺼풀 속에서 검은빛이 번쩍였을 뿐이다. — 마렌은 안도의 숨을 쉬었다. — 꽤 먼 길을 걸었을 때, 호수 바닥은 넓게 자라난 보리수 숲 아래를 흐르는 커다란 시내 줄기로 좁아졌다. 이 거대한 나무들의 가지가 얼마나 빽빽한지, 나뭇잎이 없는 데도 햇살이 하나도 뚫고 들어오지 못했다. 마렌은 이 시내 줄기를 따라갔다. 갑자기 주변이 서늘해졌다. 나무 우듬지들이 그녀 머리 위에 높고 어두운 천장을 이루고 있었다. 마치 교회 안을 지나가는 것 같았다. 그러다가 갑자기 아주 밝은 빛에 눈이 부셨다. 나무들이 사라지고, 눈앞에 회색 건물이 높이 서 있고, 그 위로 작열하는 태양이 내리비치고 있었다.

마렌은 저수지의 텅 빈 모랫바닥에 서 있었다. 이곳은 보통 폭포가 바위 위로 떨어져, 아래쪽 물줄기를 따라 지금은 말라 있는 호수로 흘러들어 가야만 하는 곳이다. 마렌은 절벽 사이의 길이 어디로 연결되는지 눈으로 따라갔다. 그러다가 갑자기 놀랐다. 저 위쪽 절벽 중간쯤 되는 곳에, 회색인 데다가, 움직임 없는 대기 속에 바위처럼 경직된 채 있기는 했지만, 바위가 아닌 듯 보이는 것이 있었기 때문이다. 곧 그것이 누워있는 사람을 감싸고 있는 주름 잡힌 옷이라는 것을 알아차렸다. ─ 숨을 죽이고 가까이 다가가 보니, 그것은 아름답고 당당한 여인의 형상이었다. 머리는 바위에 축 늘어져 있었다. 허리까지 내려온 금발은 먼지와 마른 나뭇잎으로 덮여 있었다. 마렌은 그녀를 주의 깊게 바라보았다. '뺨이 이렇게 시들어 버리고, 눈이 이렇게 움푹 들어가기 전에는 분명 아주 아름다웠을 거야. 아, 그리고 입술은 얼마나 창백한지! 혹시 레겐트루데가 아닐까? 하지만 여기 이 사람은 자는 게 아니야. 이건 죽은 사람이야! 아, 여긴 정말 쓸쓸하네!'라고 그녀는 생각했다.

활기찬 소녀는 그사이 다시 기운을 차렸다. 가까이 다가가 무릎을 꿇고, 몸을 굽혀 누워있는 사람의 대리석 같은 귀에 그 신선한 입술을 갖다 대었다. 그러고는 용기를 있는 대로 긁어모아 크고 분명하게 말했다.

> "안개는 파도,
> 먼지는 샘물!
> 숲들은 말이 없고,
> 포이어만은 이리저리 들판 위에 춤추네!"

그러자 깊고 한탄하는 듯한 소리가 창백한 입술에서 새어나왔다. 그러나 소녀는 점점 더 또렷하고 힘차게 읊었다.

> "주의하라!
> 네가 깨어나기 전,
> 어머니가 너를 데려가신다
> 집으로 밤으로!"

그러자 나무 우듬지들 사이로 부드럽게 쏴쏴 거리는 소리가 들리고, 멀리에서는 마치 천둥이 치듯 나지막이 우르릉거렸다. 동시에, 마치 바위 저편에서 울리는 듯한 날카로운 소리가 공기를 찢었다. 마치 못된 짐승이 사납게 울부짖는 소리 같았다. 마렌이 위를 올려다보자 트루데가 그녀 앞에 서 있었다. "무엇을 원하니?" 그녀가 물었다.

"아, 트루데 님," 마렌이 여전히 무릎을 꿇은 채 대답했다. "트루데 님이 너무 오래 주무셔서 모든 나뭇잎과 모든 생물이 갈증으로 고통스럽게 죽어가고 있어요."

트루데는 커다랗게 눈을 치켜뜨고 마렌을 쳐다보았다. 마치 무거운 잠에서 힘겹게 깨어나려는 듯했다.

드디어 그녀가 억양 없는 목소리로 물었다. "그럼 샘물이 더는 솟아오르지 않니?"

"네, 트루데 님." 소녀가 대답했다.

"그럼 내 새가 이제는 호수 위를 돌고 있지 않니?"

"뜨거운 햇볕 속에 서서 자고 있어요."

"저런!" 그녀가 탄식했다. "그럼 때가 됐구나. 일어나 나를 따라오너라. 그런데 저기 네 발치에 있는 항아리 가져오는 것 잊지 말고!"

마렌은 시키는 대로 했다. 그리고 둘은 이제 절벽 옆쪽으로 올라갔다. — 이곳에는 더 커다란 나무숲이, 더 기이한 꽃들이 있었다. 하지만 이곳 역시 모든 것이 시들었고 향기가 없었다. — 그들은 그들 뒤쪽 절벽에서 흘러내리는 시내 줄기를 따라갔다. 비틀비틀 천천히 트루데가 앞장을 섰다. 가끔 슬픈 듯 주변에 눈길을 던졌다. 그렇지만 마렌은 트루데의 발이 닿은 잔디 위에 엷은 초록빛이 도는 것 같은 기분이 들었다. 그리고 그녀의 회색빛 옷이 마른 잔디 위를 스치면, 그 쏴쏴 거리는 소리가 곧바로 들리는 것 같았다. "벌써 비가 오나요, 트루데 님?" 그녀가 물었다.

"아, 아니다, 얘야. 네가 우선 우물을 열어야 해!"

"우물을요? 그게 어디 있는데요?"

그들은 막 나무숲을 벗어나고 있었다. "저기!" 트루데가 말했다. 그들 앞 조금 떨어진 곳에 어마어마하게 큰집이 솟아 있는 것이 보였다. 회색 돌로 비뚤비뚤 불규칙하게 쌓아올린 것 같았다. '하늘까지 닿겠네' 하고 마렌은 생각했다. 건물은 위로 갈수록 모든 것이 증기와 햇살 속에 희미했기 때문이었다. 하지만 땅에 서 있는 높은 첨두 아치형의 문과 뻥 뚫린 창문이 달린, 엄청나게 큰 돌출창 형태로 두드러져 나온 전면은 부서져 있었다. 창문이나 대문 어떤 것도 볼 수 없었다.

그들은 잠시 앞으로 계속 가다 강가의 절벽 때문에 멈춰 섰다. 이 강은 건물의 주변을 빙 돌아 흐르는 것 같았다. 이곳도 물이 말라 가느다란 물줄기만 아직 강바닥 한가운데에 흘렀다. 말라붙은 진흙 강바닥 위에는 작은 배 하나가 부서진 채 놓여있었다.

"건너가!" 트루데가 말했다. "그는 너한테 아무 짓도 못 해. 하지만 잊지말고 꼭 물을 길어라. 그 물이 곧 쓰일 데가 있을 테니!"

마렌은 시키는 대로 강가에 내려섰다가 거의 발을 뒤로 다시 뺄 뻔했다. 바닥이 너무 뜨거워서 열기가 신발을 통해 느껴졌기 때문이었다. '뭐야, 신발이 타버릴 것 같네!' 그렇게 생각하며 항아리를 들고 힘차게 계속 갔다. 하지만 갑자기 멈춰 섰다. 마렌의 눈에 깊은 공포의 기색이 떠올랐다. 그녀 옆에서 마른 진흙 바닥이 갈라지면서 구부러진 손가락을 한 커다란 적갈색 주먹이 솟아 나와 그녀를 움켜잡았기 때문이었다.

"용기를 내!" 마렌은 트루데가 자신의 뒤쪽 강가에서 외치는 소리를 들었다.

그러자 우선 마렌은 큰소리를 질렀고, 그 무시무시한 것은 사라져 버렸다.

"눈을 감아!" 그녀는 다시 트루데가 외치는 소리를 들었다. ─ 이제 그녀는 눈을 감고 계속 갔다. 그러나 발에 물이 닿는 것이 느껴지자 몸을 굽혀 항아리를 채웠다. 그리고 나서는 아무 위험 없이 쉽게 다른 쪽 강가로 다시 올라갔다.

곧 그녀는 성에 도달했다. 가슴을 두근거리며 열려있는 큰 문 안으로 들어갔다. 성안 입구에서 놀라 멈춰 섰다. 내부 전체는 그냥 어마어마하게 큰 한 개의 공간처럼 보였다. 종유석으로 된 거대한 기둥들이 거의 끝이 보이지 않을 정도로 높은 천장을 떠받치고 있었다. 기둥머리 사이 사방에 불룩하고 뾰족하게 늘어져 있는 것들이 거대한 회색 거미줄 같다고 마렌은 생각했다. 그녀는 여전히 제 자리에서 멍하니 서서 이쪽을 보기도 하고 다른 쪽을 보기도 했다. 이 거대한 공간들은 마렌이 들어왔던 전면을 향해 있는 것 같았고 끝이 없었다. 기둥들 뒤로 또 기둥들이 솟아 있었고, 아무리 애를 써도 끝을 볼 수가 없었다. 그때 그녀의 눈은 바닥의 구덩이에 고정

되었다. 보라! 저기, 그녀에게서 멀리 떨어져 있지 않은 곳에 우물이 있었다. 그리고 뚜껑 문에 있는 황금 열쇠도 보였다.

그쪽으로 가고 있는 동안, 바닥이 마을 교회의 바닥에서 보았던 돌 판이 아니라 마른 갈대와 잔디로 덮여 있다는 것을 마렌은 알았다. 하지만 이런 것도 더 이상은 신기하지 않았다.

이제 우물 앞에 서서 막 열쇠를 잡으려고 했다. 하지만 손을 급히 뒤로 뺐다. 이제야 분명히 깨달았다. 밖에서 들이비치는 햇살에 반사되어 번쩍였던 그 열쇠는 금이 아니었고, 뜨거운 열기 때문에 붉게 보였던 것이었다. 마렌은 서슴없이 항아리의 물을 열쇠에 부었다. 물이 증기가 되어 피식거리는 소리가 넓은 공간에 메아리쳤다. 그러고 나서 재빨리 우물을 열었다. 뚜껑 문을 젖히자 신선한 공기가 깊은 곳에서 올라왔다. 곧 부드러운 구름처럼 기둥 사이로 솟아오르는 섬세하고 촉촉한 안개가 사방을 꽉 채웠다.

마렌은 상쾌한 서늘함 속에서 생각에 잠긴 채 안도의 숨을 내쉬며 주위를 돌아다녔다. 그러자 발아래서 새로운 기적이 일어났다. 풀로 된 마른 바닥 위에 밝은 초록색이 마치 숨결처럼 소록소록 내려앉았다. 줄기들이 고개를 들었다. 소녀는 곧 돋아나는 잎과 꽃들 속을 거닐게 되었다. 기둥의 아래쪽은 물망초로 덮여 푸른색이었다. 그사이 노란색과 적갈색의 이리스도 피어나 부드러운 향기를 퍼뜨렸다. 잎사귀 끝으로 잠자리가 날아올라, 날개를 시험하며 하늘하늘한 꽃줄기 위를 날고 있었다. 그 와중에 우물에서 계속 솟아오르는 신선한 증기가 점점 더 대기를 채웠고 은빛 불꽃처럼 내리쬐는 햇살아래서 춤을 추었다.

이러는 동안 마렌은 계속 놀라고 있었다. 뒤쪽에서 아름다운 여인의 목소리에서 나오는 것과 같은 안도의 숨소리가 들렸다. 우물로 눈을 돌리자 우물 가장자리에 돋아난 초록빛 이끼 위에 놀랍도록 아름답게 활짝 핀 여인이 누워 있는 것이 보였다. 여인은 빛나는 맨살의 팔로 머리를 괴고 있었고, 그 팔 위로 금발 머리가 비단 물결처럼 흘러내렸다. 그녀는 천장에 닿은 기둥 사이를 여기저기 보고 있었다.

마렌도 저도 모르게 위쪽을 바라보았다. 그리고 이제 커다란 거미줄이라고 생각했던 것이 부드럽고 섬세한 천 같은 비구름이라는 것을 알게 되었다. 그것은 우물에서 솟아오른 옅은 안개로 채워져 점점 더 무거워져 갔다. 막 천장 한가운데서 그런 구름이 흩어지더니 조용히 흔들리며 가라앉아서, 마렌은 우물가의 아름다운 여인의 얼굴을 마치 회색빛 베일을 통해서 보는 것 같았다. 그때 이 여인이 손뼉을 쳤다. 그러자 구름이 가장 가까이 열린 창문으로 가더니 창문을 통해 밖으로 날아갔다.

"자!" 아름다운 여인이 말했다. "마음에 드니?" 그러면서 그녀의 붉은 입술이 미소를 띠자 흰 이가 반짝였다.

그러고는 마렌에게 오라고 손짓을 했다. 마렌은 그녀 곁 이끼 위에 앉았다. 그때 마침 증기의 천이 천장에서 내려왔다. 아름다운 여인이 말했다. "자, 네가 손뼉을 쳐봐!" 마렌이 그렇게 하자 이 구름도 첫 번째 구름처럼 밖으로 날아갔다. 아름다운 여인이 말했다. "잘 봤지, 얼마나 쉬운지! 네가 나보다 더 잘하는구나!"

마렌은 이 아름답고 원기 발랄한 여인을 놀라 바라보았다. "그런데" 마렌이 물었다. "대체 누구시죠?"

"내가 누구냐고. 참, 애야, 정말 순진하구나!"

소녀는 다시 한 번 눈을 크게 뜨고 여인을 바라보았다. 그러고는 망설이며 말했다. "레겐트루데 님 아니신가요?"

"그럼 도대체 내가 누구겠니?"

"용서하세요! 트루데 님은 정말 아름답고 이젠 정말 재미있으시군요!"

그러자 트루데는 갑자기 조용해졌다. "그래," 그녀가 말했다. "난 네게 감사해야 해. 네가 나를 깨우지 않았더라면 포이어만이 지배자가 될 뻔했어. 나는 다시 땅속의 어머니에게로 가야만 했을 거야." 깊은 공포 때문에 흰 어깨를 약간 움찔거리면서 그녀는 계속 말을 했다. "그래 하지만 이제 여기 위쪽은 이렇게 아름답고 푸르러!"

그러고 나서 마렌은 어떻게 이곳까지 왔는지 이야기해야만 했다. 트루데는 이끼 위에 누워 그녀의 말을 들었다. 그러면서 옆에 피어 있는 꽃 중의 하나를 꺾어 자신의 머리에 꽂기도 하고, 소녀의 머리에 꽂아 주기도 했다. 마렌이 버드나무가 늘어선 제방을 힘들게 지나온 이야기를 하자 트루데는 한숨을 쉬며 말했다. "그 제방은 언젠가 너희 인간이 세운 거야. 하지만 그건 벌써 오래 오래전의 일이지! 네가 지금 입은 것 같은 옷은 그들 여인에게서 본 적이 없구나. 그 당시 여인들은 자주 내게 왔었어. 나는 새로운 식물과 곡식들을 키우라고 그들에게 씨앗과 알곡을 주었지. 그들은 내게 고마움의 표시로 그들의 곡식들을 가져왔고. 그들이 나를 잊지 않았던 것처럼, 나도 그들을 잊지 않았어. 그들의 밭에 비가 내리지 않은 적은 한 번도 없었단다. 하지만 오래전부터 인간들은 내게서 멀어져 갔어. 그리고 더는 아무도 오지 않았어. 그래서 난 더위와 지루함 때문에 잠이 들었던 거야. 그리고 그 간교한 포이어만이 거의 승리할 뻔했지."

그 사이 마렌도 눈을 감고 이끼 위에 누워있었다. 주변은 그렇게 포근해졌고, 아름다운 트루데의 목소리는 그렇게 달콤하고 아늑하게 울렸다.

"단 한 번," 트루데가 말했다. "그것도 아주 오래전 일이지만, 한 소녀가 왔었지. 그 소녀는 너와 비슷하게 보였고, 옷도 거의 네 옷과 같은 걸 입고 있었어. 그 애에게 초원에서 딴 내 꿀을 주었지. 그건 인간이 내 손에서 받은 마지막 선물이었어!"

"보세요," 마렌이 말했다. "바로 맞았어요! 그 소녀는 내 남자친구의 할머니가 틀림없어요. 그리고 그 음료수요, 오늘 나를 아주 기운 나게 했던 그 음료수는 분명 트루데 님이 준 꿀이에요!"

레겐트루데는 그녀의 옛날 그 어린 친구를 생각하는 것 같았다. 왜냐하면 이렇게 물었기 때문이다. "그 소녀는 여전히 예쁜 갈색 곱슬머리를 이마에 늘어뜨리고 있니?"

"누구 말씀이에요, 트루데 님?"

"그래, 할머니, 넌 그 애를 그렇게 부르잖아."

"아, 아뇨, 트루데 님." 소녀가 대답했다. 그리고 이 순간 소녀는 그녀의 능력 있는 친구보다 약간 우월해진 듯 느껴졌다. ─ "할머니는 벌써 아주 늙어 버린 걸요!"

"늙어?" 아름다운 여인이 물었다. 그녀는 이 말을 이해하지 못했다. 그녀는 나이가 뭔지 모르기 때문이었다.

마렌은 그걸 설명하려 애를 썼다. "그저 이래요!" 그녀가 드디어 설명했다. "흰머리, 붉은 눈, 못생기고 불쾌한 것! 아시겠어요, 트루데 님, 우리는 그걸 늙었다고 말해요!"

"그래!" 트루데가 대답했다. "이제 생각났어. 인간 여인들 틈에 그런 사람들도 있었어. 하지만 할머니는 내게 와야만 해. 그럼 내가 그녀를 다시 즐겁고 아름답게 만들 거야."

마렌은 고개를 흔들었다. "그렇게는 안 돼요, 트루데 님." 그녀가 말했다. "할머니는 벌써 오래전에 땅으로 들어간 걸요."

트루데는 한숨을 쉬었다. "가여운 할머니!"

그러고는 둘은 여전히 부드러운 이끼 위에 편안하게 몸을 편 채로 침묵을 지켰다. "그런데 애야!" 트루데가 갑자기 말을 했다. "우린 수다 떠느라고 비 만드는 것을 잊고 있었구나. 위쪽을 쳐다만 봐! 우린 구름에 덮여 있어. 난 벌써 네가 보이지 않아!"

"아, 이제 고양이처럼 섯세 되겠네요!" 마렌이 위를 보면서 외쳤다.

트루데가 웃었다. "그냥 손뼉을 조금 쳐봐. 하지만 구름을 망가뜨리지는 않도록 해!"

그러면서 둘은 조용히 손뼉을 치기 시작했다. 그러자 일렁

임이 일기 시작했다. 안개 덩어리가 열린 창으로 밀려가면서, 하나씩 하나씩 밖으로 빠져나갔다. 잠시 후에 다시 마렌의 눈앞에 우물, 초록빛 땅과 노랗고 붉은 이리스 꽃이 보였다. 그러더니 창문도 다시 뚫려서 그것을 통해 멀리 정원의 나무들 위로 구름이 온 하늘을 덮고 있는 것이 보였다. 해가 점차 사라졌다. 그리고 또 얼마 후, 마렌은 밖에서 마치 소나기가 나뭇잎과 잡목 숲을 지나가는 듯한 소리를 들었다. 그러더니 비가 쏟아졌다. 힘차고 끊임없이.

마렌은 두 손을 꼭 쥐고 몸을 곧추세우고 앉아 있었다. "트루데 님, 비가 와요." 그녀가 조용히 말했다.

트루데는 아름다운 금발의 머리를 보일 듯 말 듯 끄덕였다. 그녀는 꿈꾸듯 앉아 있었다.

그러나 갑자기 밖에서 크게 타닥타닥 울리는 소리와 울부짖는 소리가 들렸다. 마렌이 놀라 밖을 내다보니, 그녀가 조금 전에 지나왔던 건물 주변을 흐르는 강바닥에서부터 엄청나게 큰 흰 증기 구름이 공중으로 뿜어 올라갔다. 이 순간 그녀는 아름다운 레겐트루데의 팔이 자신을 안는 것을 느꼈다. 그녀는 몸을 떨며 곁에 앉아 있는 인간 소녀에게 바짝 달라붙었다. "이제 그들이 포이어만에게 물을 퍼붓는 거야." 그녀가 속삭였다. "들어 봐, 그가 어떻게 반항하는지! 하지만 그건 이제 아무 소용이 없어."

잠시 그들은 그렇게 서로 안은 채 있었다. 밖이 조용해지고, 이제 부드럽게 내리는 빗소리 외에는 아무것도 들리지 않았다. ― 그들은 일어났다. 트루데는 우물의 뚜껑 문을 다시 닫아 잠가 버렸다.

마렌은 그녀의 손에 입을 맞추며 말했다. "고맙습니다, 트루데 님, 저와 우리 마을의 모두를 구해 주셨어요! 그리고" ― 그녀는 약간 주저하며 말했다. "이제 다시 집으로 가야겠어요!"

"벌써 간다고!" 트루데가 물었다.

"아시잖아요, 제 남자 친구가 저를 기다리고 있어요. 그는 아마 벌써 비에 흠뻑 젖었을 거예요."

트루데는 경고하듯 손가락을 치켜들었다. "나중에도 결코 그를 기다리게 하지 않을 거지?"

"네, 트루데 님!"

"그래, 가라, 얘야. 그리고 집에 가거든 사람들에게 나에 대해 전하고, 앞으로는 나를 잊지 말라고 전해. ― 이제 가자! 배웅해줄게."

바깥, 신선한 비 아래에 풀밭은 이미 모두 초록빛을 띠었고, 나무와 잡목들에는 잎이 돋아났다. ― 그들이 강에 도착해 보니, 물이 이미 온 강바닥을 채우고 있었고, 보이지 않는 손에 의해 다시 제조된 듯한 배는 마치 그들을 기다리고 있었던 듯 흔들리며 강가의 풀숲에 서 있었다. 빗방울이 장난치고, 울리듯 강물로 떨어졌다. 두 사람은 배에 올라타 저쪽으로 미끄러져 갔다. 그들이 다른 편 강가에 닿자 옆 풀숲의 어둠 속에서 나이팅게일이 크게 울었다. "오," 레겐트루데가 말하며 정말 진심으로 안도의 숨을 쉬었다. "아직 나이팅게일의 시간[2]이야. 너무 늦지는 않은 거야!"

이제 그들은 폭포로 연결되는 개울을 따라갔다. 폭포는 이제 사납게 바위 위로 떨어져, 검은 보리수 아래 있는 넓은 도랑으로 물결을 일렁이며 흘러들었다. 두 사람은 배에서 내려 나무 아래쪽 편으로 가야만 했다. 다시 넓은 곳으로 나왔을 때, 마렌은 그 이상하게 생긴 새가 그녀 발아래까지 물이 차오른 넓은 호수 위로 커다란 원을 그리며 나는 것을 보았다. 그들은 곧 끊임없이 달콤한 향기를 맡으며 그리고 물가의 반짝이는 자갈 위를 넘실대는 물결의 철썩이는 소리를 들으며 강둑 아래쪽을 따라 걸었다. 수천 가지 꽃들이 곳곳에 피어있었다. 마렌은 제비꽃과 은방울꽃도 보았다. 그리고 그 몹쓸 열기

---

2 나이팅게일은 철새이며 산란기가 4~6월 사이에 있다. 농사를 짓기에 아직 늦지 않았다는 것을 나타낸다.

때문에 활짝 필 수 없었던, 필 시기가 이미 훨씬 지난 꽃들도 보았다. "저 꽃들도 뒤처지고 싶지는 않은가 봐." 트루데가 말했다. "이제 모두 정신없이 꽃을 피우는구나."

이렇게 말하면서 트루데가 금발의 머리를 흔들자, 물방울이 불꽃처럼 그녀 주변에 떨어졌다. 그녀는 두 손을 모으기도 했다. 그러면 빗물이 희디흰 팔을 타고 마치 조개 안으로 흘러들어 가는 것 같았다. 손에 물이 고이면 그녀는 두 손을 다시 펼쳤다. 손에서 흩뿌려진 물방울들이 땅에 닿으면 새로운 향기가 다시 솟아올랐고, 본 적도 없는 신선한 꽃들로 이뤄진 색의 향연이 풀밭 위에 빛을 내며 펼쳐졌다.

그들이 호수를 빙 돌았을 때, 마렌은 떨어지는 빗줄기 속에서 끝을 볼 수 없는 넓은 호수 표면을 다시 한 번 돌아보았다. 그리고 오늘 아침 신발을 적시지 않고 호수 바닥을 지나갔던 것을 생각하자 거의 몸이 떨렸다. 곧 안드레스를 남겨 두었다고 생각한 곳 근처에 다다랐다. 제대로 왔다! 그곳의 높은 나무들 아래에 그는 팔을 괴고 누워있었다. 자는 것 같았다. 그런데 마렌은 자신의 곁에서 미소 띤 붉은 입술로 당당하게 걷고 있는 아름다운 트루데를 올려다보자, 농촌 여인의 옷을 입은 자신이 갑자기 그렇게 초라하고 밉게 보여, 이렇게 생각하게 되었다. '아, 이건 좋지 않아. 안드레스는 그녀를 볼 필요가 없어!' 그리고 크게 말했다. "배웅해 주셔서 고맙습니다, 트루데 님, 이제 혼자서도 길을 찾을 수 있어요!"

"하지만 난 네 남자친구를 봐야만 하겠는데!"

"그러실 필요 없어요, 트루데 님." 마렌이 대답했다. "그 사람은 그냥 다른 사람과 똑같은 청년일 뿐이에요. 그리고 마을의 처녀에게나 어울리죠."

트루데는 그녀를 꿰뚫어 보듯 쳐다보았다. "넌 예뻐, 어리석은 소녀야!" 그녀가 말하고는 위협하듯 손가락을 치켜들었다. "그리고 넌 너희 마을에서 제일 예쁘지 않니?"

그러자 예쁜 소녀의 얼굴이 달아올라 눈가까지 빨개졌다. 트루데는 또 미소를 띠었다. "자 그럼 이제 잘 봐!" 그녀가 말했다. "이제 모든 샘이 다시 솟기 시작했으니 너희는 빠른 길로 갈 수가 있어. 버드나무 제방 바로 왼쪽 아래에 작은 배가 있어. 안심하고 올라타. 그 배가 빠르고 안전하게 집으로 데려다줄 거야! ─ 자 그럼 잘 가라!" 그렇게 말하면서 소녀의 목에 팔을 감고 입을 맞추었다. "오, 인간의 입술은 참 달콤하고 신선하구나!"

그러고 나서 그녀는 몸을 돌려 떨어지는 빗방울 아래 풀밭 위를 지나 멀어져갔다. 그러면서 그녀는 노래를 부르기 시작했다. 그것은 달콤하고 단조롭게 울렸다. 그녀의 아름다운 모습이 나무들 사이로 사라지자, 마렌은 여전히 먼 곳에서부터 울리는 그녀의 노랫소리를 듣고 있는 것인지, 아니면 그것이 그저 떨어지는 빗소리인지 분간을 하지 못했다.

잠시 그녀는 멈춰 서 있었다. 그러더니 갑작스러운 그리움에 사로잡힌 듯 팔을 앞으로 뻗었다. 그리고 외쳤다. "안녕히 계세요, 아름답고 사랑스러운 레겐트루데 님, 안녕히 계세요!" — 그러나 아무 대답도 없었다. 이제 그녀는 분명히 알았다. 그 소리는 쏴쏴 거리며 떨어지는 빗소리였을 뿐이었다.

그곳으로부터 천천히 정원 입구로 발을 옮기자, 젊은 농부가 몸을 위로 쭉 곧추세우고 나무 아래 서 있는 것이 보였다. "뭘 그렇게 쳐다보고 있어?" 마렌이 가까이 다가가며 물었다.

"세상에! 마렌," 그가 외쳤다. "웬 아름다운 여인이야?"

그러나 소녀는 청년의 팔을 잡아 휙 돌려세웠다. "그렇게 눈 빠지게 쳐다보지 마!" 그녀가 말했다. "네겐 가당치도 않은 샤람이야. 저 사람이 레겐트루데야!"

안드레스가 웃었다. "그래, 마렌," 그가 말했다. "네가 그녀를 제대로 깨웠구나. 여기서 벌써 알 수 있었어. 왜냐하면, 비가 그렇게 촉촉한 적이 없었고, 그렇게 푸르게 변해 가는 것은 한 번도 본 적이 없었거든! — 자 이리 와! 집에 가자. 너희 아버지께서 우리에게 하신 약속을 지키셔야지."

버드나무 제방 아래에서 그들은 나룻배를 발견하고 올라
탔다. 땅속 깊은 곳도 이미 물로 가득 찼다. 물 위와 공중에는
온갖 종류의 새들이 살고 있었다. 날씬한 바다제비가 지저귀
며 그들의 머리 위를 쏜살같이 날아, 날개 끝으로 물 위를 스
쳤다. 등이 검은 갈매기는 쏜살같이 나아가는 배 옆에서 당당
하게 헤엄쳐 갔다. 마렌과 안드레스가 스쳐 지나가는 푸른 작
은 섬들 위에는 목에 황금빛 선을 두른 목도리도요들이 싸움
놀이를 하고 있었다.

그들은 그렇게 빠르게 앞으로 나아갔다. 비는 여전히 내리
고 있었다. 조용히 그러나 끊임없이 내리고 있었다. 이제 강이
좁아지더니 곧 넓은 시내로 바뀌었다.

안드레스는 벌써 얼마 전부터 손을 눈 위에 대고 먼 곳을
바라보고 있었다. "봐, 마렌," 그가 말했다. "저거 내 호밀 농
장 아냐?"

"맞아, 안드레스. 그런데 아주 푸르게 변했네! 그런데 지
금 우리가 마을 시냇물 위로 배를 타고 가고 있는 것 몰라?"

"맞아, 마렌. 그런데 저건 도대체 뭐지? 저기 모든 것이 물
에 잠겼네!"

"어머나, 세상에!" 마렌이 소리쳤다. "저긴 아버지의 목초지
야! 봐, 저 좋은 건초들. 저것이 모두 물에 떠다니네!"

안드레스는 소녀의 손을 잡았다. 그들은 냇가에 도착했고, 곧 손에 손을 잡고 길로 내려섰다. 사방에서 사람들이 두 사람을 향해 친절하게 고개를 끄덕였다. 그들이 없는 사이 슈티네 부인이 약간 수다를 떨었기 때문이다.

"비가 온다!" 비를 맞으며 길 위를 뛰어다니는 아이들이 외쳤다. "비가 오네!" 이장이 말했다. 그는 열린 창문으로 편안하게 비를 바라보고 있다가 두 사람에게 힘차게 악수하였다. "그래, 그래, 비가 온다!" 목초 재배 농부도 말했다. 그는 다시 그의 커다란 집 대문 통로에 서서 해포석 파이프를 피우며 서 있었다. "그리고 너, 마렌, 오늘 아침에 거짓말을 훌륭하게 했더구나. 하지만 둘 다 들어오너라! 이장이 말했듯이, 안드레스는 정말 훌륭한 젊은이야. 그리고 올해 그의 수확도 좋아질 거야. 그리고 앞으로 다시 삼 년간 비가 잘 내린다면, 이익과 손실이 서로 상충하여 끝에는 그리 나쁘지 않을 거다. 그러니 너희는 슈티네 부인께 건너가거라. 이제 우리 이 일을 곧바로 처리하자!"

이후 몇 주가 흘러갔다. 비는 오래전에 그쳤고, 무거운 마지막 수확 마차가 화환과 펄럭이는 리본을 달고 헛간으로 들어갔다. 그리고 가장 아름다운 햇살이 비칠 때, 긴 결혼행렬이 교회를 향해 가고 있었다. 마렌과 안드레스가 혼인 당사자였다. 슈티네 부인과 목초 재배 농부는 서로 팔짱을 끼고 그들을 뒤따르고 있었다. 늙은 성가대 지휘자는 그들을 맞이하기 위해 교회 안 오르간 앞에서 성가를 연주하고 있었다. 성가가 들릴 정도로 거의 교회 문 근처까지 왔을 때, 갑자기 푸른 하늘에 하얀 구름 한 조각이 그들 머리 위에 나타났다. 그리고 비 몇 방울을 신부의 화환 속으로 떨어뜨렸다. "저건 행운의 징조야!" 교회 마당에 모여 있던 사람들이 소리쳤다. "그건 레겐트루데였어!" 신부와 신랑이 속삭이며 손을 잡았다.

이제 행렬이 교회 안으로 들어섰고, 다시 해가 빛났다. 오르간은 침묵했고, 목사는 자신의 임무를 수행하고 있었다.

불레만의 집

북독일 어느 해안도시의 뒤스터[3] 거리라고 불리는 곳에는 낡고 쓰러져 가는 집 한 채가 서 있다. 좁기는 하지만 그래도 삼층집이다. 집 정면 한가운데는 땅바닥부터 거의 박공판까지 돌출 방의 벽이 튀어나와 있다. 이 튀어나온 작은 방들은 층마다 건물 바깥쪽으로 돌출되어 있고, 각 면에 창문들이 달려서 맑은 저녁에는 달빛이 비쳐들기도 한다.

사람들 기억에 의하면 이 집에 아무도 들어가지 않았고, 그 누구도 밖으로 나오지 않았다. 현관문에 달린 놋쇠로 된 묵직한 문 두드리는 장식은 녹청 때문에 거의 검은 빛이고, 돌계단의 틈바구니에는 해마다 풀들이 자라고 있다. 만일 어

---

3 "음산한, 음침한"이라는 뜻.

떤 낯선 사람이 "저게 도대체 무슨 집이죠?"라고 물으면, 그는 분명 "저건 불레만의 집이에요"라는 대답을 들을 것이다. 그리고 "대체 누가 사는데요?"라고 계속 묻는다면 사람들은 마찬가지로 분명 "아무도 안 살아요"라고 대답할 것이다. 이 거리의 아이들과 아기들의 요람 곁에 앉아 있는 유모들은 다음과 같이 노래한다.

"불레만의 집에선,
불레만의 집에선,
그곳에선 쥐들이
창밖을 내다보네."

밤에 만찬을 즐기고 그곳을 지나가는 장난기 어린 친구들은 어두운 창문 뒤에서 수많은 쥐가 내는 것과 같은 찍찍거리는 소리를 정말로 들었다고 한다. 어떤 남자는 황량한 방들을 울리는 메아리를 들으려고 만용을 부려 문 두드리는 장식을 두드렸더니 집 안에서 커다란 동물들이 계단을 내려오는 소리를 분명히 들었다고 주장하기까지 한다. 그는 이 이야기를 하면서 다음과 같이 덧붙이곤 한다. "시청 앞 시장에서 동물곡예단에서 본 커다란 맹수들이 뛰어오르는 것과 거의 같은 소리였어."

이 집 맞은편에 있는 집은 한 층 정도 낮아서, 밤에 달빛은 아무런 방해 없이 이 오래된 집의 꼭대기에 있는 창으로 비쳐 든다. 이렇게 달이 비치는 밤이 지나고 나면 야경꾼도 뭔가 이 야깃거리가 있다. 그건 고작 저쪽 돌출창 창문 위에서 뾰족하 고 얼룩덜룩한, 잠잘 때 쓰는 모자를 쓴 늙은 남자의 얼굴을 봤다는 것이다. 이웃들은 이 이야기를 듣고 야경꾼이 아마 또 술에 취했었나보다고 말할 뿐이다. 그들은 저 건너편 집에서 인간 비슷한 것은 전혀 본 적이 없다고 했다.

대부분 전해오는 이야기는 도시의 멀리 떨어진 지역에 사 는, 오래전 성 막달레나 교회의 오르간 연주자였던 어떤 노인 이 전해주는 이야기일 게다. "내 기억에는 말이지," 언젠가 이 이야기에 대해 질문을 받았을 때 그는 이렇게 말을 열었다. "내가 아이였을 때, 그 집에서 늙은 하녀 한 사람하고만 살았 던 사람은 아주 마른 남자였어. 그 사람은 고물상이었던 우리 아버지와 몇 년 동안 아주 활발하게 거래를 했지. 그리고 그 시절에 나는 가끔 아버지가 주문을 하라고 심부름 시켜서, 그 의 집에 갔어. 아직도 생각나는데 난 거기에 잘 가지 않으려 고 했고, 온갖 빠져나갈 구실을 자주 찾았지. 삼 층에 있는 불 레만 씨 방으로 가는 그 집의 좁고 어두운 계단을 올라가는 걸 대낮에조차 무서워했기 때문이야. 사람들이 그를 '인신매매자'라고 불렀지. 이 이름만으로도 벌써 나는 무서웠어. 게다가 이 이름과 함께 그에 대한 아주 으스스한 소문이 돌았지. 그의 아버지가 사망한 뒤 그 낡은 집으로 이사 오기 전, 그는 수년 동안 선박의 화물 감독인으로 서인도로 가서, 거기서 검은 여인과 결혼을 했다는 거야. 그가 집에 돌아왔을 때 사람들은 언젠가는 그 여인과 몇 명의 검은 아이들이 도착할 거라고 헛되이 기다렸지. 그리고 곧 이런 소문이 났어. 그가 귀향길에 노예선을 만났고 그 배의 선장에게 자기 혈육과 그 아이들의 엄마를 헐값에 팔아넘겼다는 거야. 그런 소문에서는 뭐가 진실인지 모르지." 노인은 이렇게 덧붙이곤 했다. "나도 죽은 사람을 모욕하고 싶지는 않아. 하지만 그는 확실히 인색했고, 사람을 꺼리는 이상한 사람이었어. 눈은 나쁜 일이라도 쳐다보고 있는 듯한 눈초리였지. 불행한 사람과 도움을 구하는 사람은 그 집에 발도 들여놓을 수 없었어. 그 당시 언제나 내가 거기 갈 때면, 항상 문 안쪽에 쇠사슬이 걸려 있었어. 나는 문 두드리는 무거운 고리를 몇 번이나 두드려야 했는데, 그러면 '앙켄 부인! 앙켄 부인! 귀가 먹었어요? 안 들려요? 문 두드리잖아요!'라고 집주인이 계단 맨 꼭대기에서 내지르는 화난 목소리가 들렸지. 그러면 곧 뒤채에서 나와 거실과 복도를 지나오는 늙은 여인의 질질 끄는 발소리가 소리가 들렸어. 그 여자는 문을 열기 전에 잔기침하며 '누구요?' 하고 물었어. 그리고 내가 '레베레히트예요!'라고 대답을 하면 그제야 비로소 안쪽에서 쇠사슬을 벗겼지. 그러고 나서 내가 급히 일흔일곱 계단을 — 언젠가 한 번 세어봤거든 — 올라가면, 불레만 씨는 벌써 자기 방 앞의 작고 어두컴컴한 복도에서 나를 기다리고 있었어. 한 번도 나를 자기 방에 들이지 않았어. 나는 아직도 그가 노란 꽃무늬가 있는 모닝 가운에 뾰족한 모자를 쓰고, 한 손은 뒤로 돌려 자기 방 문고리를 잡고 내 앞에 서 있는 게 보여. 내가 주문을 하는 동안 그는 그 번쩍이는 둥근 눈으로 초조하게 나를 바라보고 있었고, 그런 다음 주문한 물건을 주고는 거칠고 냉정하게 나를 쫓아내곤 했지. 그때 대부분 내 관심을 끌었던 것은 한 쌍의 어마어마하게 큰 고양이들이었어. 한 마리는 누렇고, 다른 한 마리는 까맸지. 그놈들은 때때로 그 사람 뒤에 있는 방문을 밀고 나와 그의 무릎에 커다란 머리통을 비벼댔어. — 몇 년이 지나 그사이 아버지와의 거래는 끝났고 나도 더 이상은 그곳에 가지 않았어. — 이 모든 것이 벌써 70년 전의 일이야. 불레만 씨는 오래전에 아무도 돌아오지 못하는 곳으로 옮겨졌을 거야." — 그 노인이 이렇게 말했을 때, 그건 잘못 생각한 것이다. 불레만 씨는 자기 집 밖으로 옮겨지지 않았다. 그는 지금도 여전히 그곳에 살고 있다.

그런데 일은 이렇게 일어났다.

18세기 전반, 남자들이 머리를 묶고 다니던 시절, 이 집의 마지막 소유자였던 불레만 씨 이전에 그 집에는 전당포 영업을 하던 늙고 구부정한 작은 남자가 살고 있었다. 그는 50년 이상 신중하게 그 일을 해왔고, 아내가 죽은 이후 가사를 돌봐주는 여인과 정말 검소하게 살아왔기 때문에 드디어는 아주 부자가 되었다. 하지만 그의 부는 주로 엄청난 양의 금은 장신구, 집기들과 아주 희귀한 중고품이었다. 이것은 그가 오랜 세월 동안 낭비하는 사람들 혹은 궁핍에 시달린 사람들로부터 저당물로 받았고, 사람들이 그에 따른 대출금을 갚지 않아 그의 소유로 남은 것들이었다. ─ 이 저당물들은 법적으로 법원을 통해 매각되어야만 하는데, 그가 이 물건들을 팔 경우 빌려준 돈을 계산하고, 남는 돈은 원래 소유주에게 돌려줘야만 했다. 그래서 그는 그렇게 하느니 차라리 이 물건들을 커다란 호두나무장롱에 쌓아두기로 했다. 이런 목적 때문에 이 층 방들과 드디어는 삼 층의 방들도 점점 물건들로 채워지게 되었다. 밤에 앙켄 부인은 뒤채에 있는 그녀의 쓸쓸한 골방에서 코를 골고 있고, 문에는 무거운 쇠사슬이 걸려 있을 때면, 그는 종종 조용한 걸음으로 계단을 오르락내리락했다. 그는 담

회색 여행용 외투의 단추를 꼭 잠그고, 한 손에는 등불을 들고 다른 한 손에는 열쇠꾸러미를 들고 일 층으로 갔다 이 층으로 갔다 하면서 방문과 장롱문을 열어, 여기서는 황금 회중 시계를, 저기서는 에나멜을 칠한 코담배 곽을 숨겨놓은 곳에서 꺼내어 그것을 자기가 보관한 기간을 따지거나, 이 물건들의 원래 임자들이 망하지 않았을까, 실종되지 않았을까 아니면 그들이 손에 돈을 들고 다시 나타나 그들의 저당물을 다시 요구하지나 않을까 생각했다. ─

드디어 이 전당포업자는 아주 늙어 자기의 보물들을 두고 죽었다. 그래서 살아생전에는 온갖 방법을 다해 멀리하려고 했던 하나밖에 없는 아들에게 가득 찬 장롱들과 함께 이 집을 남겨 줄 수밖에 없었다.

이 아들이 어린 레베레히트가 그렇게 무서워했던, 바다를 건너 고향으로 돌아온 그 화물 감독인이었던 것이다. 아버지 장례식 뒤에 그는 자신의 이전 일들을 접어 치우고 돌출 방이 있는 그 낡은 집 사 층에 있는 자신의 방으로 왔다. 이 방에는 이제 담회색의 여행외투를 입은 구부정한 작은 남자 대신에 노란 꽃무늬의 모닝 가운과 얼룩덜룩한 뾰족 모자를 쓴 마르고 긴 형상이 이리저리 서성거리거나, 죽은 사람의 작은 책상에서 계산하고 있었다. 늙은 전당포업자는 잔뜩 쌓여 있는 귀중품을 보며 즐거워했지만, 이 즐거움이 불레만 씨에게는 상속되지 않았다. 불레만 씨는 문을 걸어 잠근 채 커다란 호두나무 장롱들의 내용물을 조사한 뒤에, 이 물건들을 몰래 팔아도 되는지 깊이 생각해 보았다. 이 물건들은 여전히 다른 사람의 소유였고, 이 물건들의 가치에 대해서는 장부에 기재된 대로 그가 물려받은 가치만큼만, 대부분은 아주 적은 대출 상환금만큼만 요구할 수 있었다. 하지만 불레만 씨는 우유부단한 사람이 아니었다. 벌써 며칠 뒤에 시 외곽의 가장 끝에 사는 어떤 고물상과 연결이 되었다. 최근 몇 년간의 저당물만 남겨놓고 난 뒤, 은밀하고 조심스레 커다란 호두나무 장롱들의 화려한 내용물들은 순수한 은화로 변해갔다. — 그때가 소년 레베레히트가 그 집에 왔을 때였다. — 물건을 판 돈을 불레만 씨는 자신의 침실에 나란히 놓아 둔 쇠를 입힌 큰 상자들 안에 넣었다. 자신의 소유물이 아니라서 그것을 담보로 빌려주거나 공개적으로 투자할 엄두를 못 냈기 때문이다.

모든 것이 다 팔리자, 그는 여생을 위해 필요한, 생각할 수 있는 모든 지출을 계산하기 시작했다. 그는 아흔 살까지 살거로 생각하고, 한 주 단위로 쓸 돈을 작은 꾸러미로 만들어 놓았다. 그와 함께 매 분기 뜻밖의 지출을 대비해서 작은 꾸러미를 추가했다. 이 돈은 자신을 위해 거실 옆에 놓여있는 상자에 넣어두었다. 그리고 아버지가 남긴 것과 함께 넘겨받은 늙은 가정부 앙켄 부인이 토요일 아침마다 한 주를 위해 새로 돈 꾸러미를 받고, 지난주 받은 돈의 지출을 설명하기 위해 나타났다.

이미 언급했듯이 불레만 씨는 아내와 자식들을 데려오지 않았다. 그 대신 하나는 누렇고 다른 하나는 검은색인 별난 크기의 두 마리의 고양이가 왔다. 늙은 전당포업자의 장례식이 끝난 다음 날, 한 선원이 꼭 묶은 자루 안에 넣어 배의 갑판에서 집으로 데려왔다. 이 고양이들은 곧 집주인의 유일한 동료가 되었다. 고양이들은 그들만의 소파에서 점심을 받았다. 앙켄 부인은 날마다 화가 잔뜩 나서 고양이들의 점심을 준비해야만 했다. 밥을 먹은 뒤, 불레만 씨가 짧은 낮잠을 자는 동안 배가 부른 고양이들은 안락의자 위 그의 곁에 앉아서, 혀를 내밀고 초록색 눈으로 그를 바라보고 있었다. 고양이들이 아래층에서 쥐를 사냥할 때면, 늙은 가정부는 늘 몰래 그들을 걷어찼다. 그래서 그들은 잡은 쥐를 안락의자 밑으로 가져가서 먹기 전에, 쥐를 입에 물고 가서 먼저 주인에게 보여주었다. 밤이 오면 불레만 씨는 얼룩덜룩한 뾰족 모자 대신 흰색 모자로 바꿔 썼다. 그리고 두 마리의 고양이와 함께 옆방의 커다란 커튼 침대 속으로 들어갔다. 그러면 그는 자신의 발치에 파고든 고양이들이 내는 규칙적인 가르랑 소리를 들으며 잠이 들었다.

그사이 이 평화로운 삶이 아무런 방해도 받지 않은 것은 아니다. 처음 몇 년 동안 팔아치운 저당물의 원주인들 몇몇이 와서 저당을 잡히고 받은 소액을 갚으며 자신들의 귀중품을 돌려달라고 요구했다. 불레만 씨는 자신의 행동이 세상에 알려질지도 모르는 재판이 두려워서 그의 커다란 상자를 열어 좀 더 많거나 적은 배상금을 주어 관련된 사람들의 입을 막았다. 이런 일은 그를 더욱더 인간을 혐오하게 하고, 완고하게 만들었다. 나이 많은 고물상과의 교류는 벌써 진즉에 끝났다. 그는 자신의 돌출 방에 외롭게 앉아서 이미 오래전에 찾아낸 문제의 해결책, 즉 확실한 복권당첨을 계산하는 것에 몰두했다. 그것을 통해 그는 장차 자신의 재산을 엄청나게 부풀릴 생각을 하고 있었다. 그리고 두 마리의 커다란 수고양이 그랍스와 슈노레스도 이제 그의 기분에 시달려야만 했다. 그가 잠시 그의 긴 손가락으로 그들을 쓰다듬을 때, 그들은 계산판 위의 계산이 맞지 않거나 하는 다른 상황이 벌어져 모래 그릇[4] 혹은 종이 자르는 가위가 날아가는 것을 예상할 수

---

4 잉크를 말리기 위해 뿌리는 고운 모래를 담은 그릇.

도 있었다. 그렇게 되면 그들은 울부짖으며 방 한구석으로 절름거리며 갔다.

불레만 씨는 여자 친척이 한 명 있었다. 그의 어머니가 첫 결혼에서 낳은 딸로, 이미 어머니가 돌아가셨을 때 그녀는 자신의 상속청구권에 대해 타협을 했기 때문에 그가 상속받은 재산에 대해서는 청구권이 없었다. 그는 이 아버지 다른 누나가 시 외곽지역에서 몹시 가난하게 살고 있는데도 도와주지 않았다. 불레만 씨는 어려운 친척들과의 교류를 다른 사람들과의 교류보다 더 싫어했기 때문이었다. 단 한 번, 그 누나가 이미 중년의 나이에 병약한 아이를 유복자로 낳았을 때, 도움을 청하러 그에게 왔다. 그녀를 들어오게 했던 앙켄 부인은 훌쩍거리며 계단 아래에 앉아 있었다. 곧 위쪽에서 주인의 날카로운 목소리가 들렸고, 끝내는 문이 열리고 그 여인이 울면서 계단을 내려올 때까지 그 소리는 계속됐다. 그 날 저녁 앙켄 부인은 크리스티네가 다시 한 번 올 경우 앞으로는 집 문에서 쇠사슬을 벗기지 말라는 엄중한 지시를 받았다.

노파는 주인의 매부리코와 번쩍이는 부엉이 눈을 점점 더 무서워하기 시작했다. 그가 위쪽 계단 난간에서 그녀의 이름을 부르거나, 그가 배에서 했던 대로 손가락으로 날가로운 휘파람을 불기만 하면, 반드시 그녀는 어느 구석에 앉아 있건 재

빠르게 기어 나와 숨을 몰아쉬며, 혼자 욕설과 불평을 주절대며 좁은 계단을 올라갔다.

그러나 사 층의 불레만 씨처럼, 아래쪽 방에 있는 앙켄 부인도 마찬가지로 아주 정당하게 얻은 것은 아닌 그녀의 보물을 보관하고 있었다. ─ 이미 그들이 함께 살게 된 그 첫해에 그녀는 어린아이 같은 걱정에 사로잡히게 되었다. 즉 그녀의 주인이 언젠가는 가사 지출을 스스로 알아서 할 수 있을 것이며, 그의 인색함 때문에 그녀는 노년을 궁핍에 시달려야만 할 것이라는 걱정이었다. 이것을 예방하기 위해서 그녀는 밀 값이 올랐다고 주인에게 거짓말을 하고, 빵을 사기 위해 더 많은 돈을 달라고 요구했다. 막 자기 삶을 위해 필요한 계산을 시작하고 있던 그 화물 감독인은 야단을 치며 종이를 찢어버렸다. 그러고 나서 처음부터 다시 면밀하게 계산해서, 일주일 할당량에 요구된 액수를 더했다. ─ 그러나 앙켄 부인은 더 받아낸 돈을 착복하지는 않았다. 목적을 달성한 뒤에는 양심을 보호하기 위해 "집어먹은 것은 훔친 것이 아니다"라는 속담을 생각하면서, 그저 이 돈으로 사들인 밀가루 빵만을 규칙적으로 저장했다. 불레만 씨는 아랫방들에는 결코 발을 들여놓지 않기 때문에, 그녀는 귀중한 내용물이 다 없어져 버린 커다란 호두나무 장롱을 이 빵들로 점점 채워갔다. 그렇게 대충 십여

년이 지났을 것이다. 불레만 씨는 점점 더 말라갔고 머리는 더 희어졌으며 그의 노란 꽃무늬 모닝 가운은 점점 더 닳아 해졌다. 이와 함께 두 마리의 고양이와 반쯤 어린애 같은 가정부 외에는 어떤 살아있는 존재도 보지 못하기 때문에, 말을 하기 위해 입도 벙긋하지 않는 날들이 자주 있었다. 가끔 아래쪽에서 이웃의 아이들이 자기 집 앞의 방충석을 타고 노는 소리가 들리면 그는 머리를 창문 밖으로 조금 내밀어 그 날카로운 목소리로 골목을 향해 야단을 쳤다. ― 그러면 아이들은 "인신매매자, 인신매매자!" 하고 소리치며 뿔뿔이 흩어졌다. 그러면 불레만은 저주를 퍼붓고, 더욱더 원한을 품고 욕설을 해댔다. 결국은 큰 소리를 지르며 창문을 닫고, 방 안에서 그랍스와 슈노레스에게 화풀이를 했다.

이웃과의 모든 관계를 배제하기 위해, 이미 언젠가부터 앙켄 부인은 멀리 떨어진 거리에서 장을 봐야만 했다. 그러나 어둠이 깔리기 시작할 때에서야 외출할 수 있었으며, 그러면 집 문을 반드시 잠가야 했다.

어느 날 저녁 노파가 그런 이유로 다시금 집을 나섰을 때는 아마 성탄절 팔일 전이었을 게다. 그동안에는 항상 조심했음에도 불구하고 이번에는 그녀가 깜빡 잊어버렸던 것 같다. 왜냐하면, 불레만 씨가 막 성냥으로 촛불을 붙이려고 하는데,

놀랍게도 밖의 계단에서 쿵쾅거리는 소리를 들었던 것이다. 그가 촛불을 치켜들고 복도로 나섰을 때, 그는 누나가 창백한 소년을 데리고 자기 앞에 서 있는 것을 보았다.

"어떻게 들어왔어?" 그는 잠시 놀라고 악의에 찬 듯 그녀를 노려보다가 호통을 쳤다.

"문이 열려 있었어." 여인이 수줍게 대답을 했다.

그는 이빨 사이로 가정부에게 저주를 웅얼웅얼 퍼부었다. 그러고 나서 "뭘 원하는 거야?"라고 물었다.

"그렇게 심하게 굴지 마, 동생," 그녀가 애원했다. "그러면 너한테 말할 용기가 없어져."

"내게 할 말이 뭐가 있는지 모르겠군. 누나는 누나 몫을 받았어. 우리 서로 계산은 끝났어."

누나는 말없이 그의 앞에 서서 헛되이 적당한 말을 생각해 내려고 애썼다. — 안쪽에서 고양이들이 문을 긁는 소리가 반복해서 들렸다. 불레만 씨가 돌아서서 문을 열자, 두 마리의 거대한 고양이들이 복도로 뛰어나와 으르렁거리며 창백한 소년의 주위를 맴돌았다. 소년은 고양이가 무서워 벽 쪽으로 물러났다. 고양이 주인은 여전히 입을 다물고 자기 앞에 서 있는 여인네를 초조하게 바라보았다. "자, 빨리 끝낼 거지?" 그가 물었다.

"다니엘, 부탁이 있어." 그녀가 드디어 말을 꺼냈다. "너의 아버지가 돌아가시기 몇 년 전에, 내가 몹시 어려운 처지에 있었을 때 은으로 된 내 작은 잔을 저당 잡으셨어."

"아버지가 누나한테?" 불레만 씨가 물었다.

"그래, 다니엘, 너의 아버지, 우리들 어머니의 남편이. 여기 전당표가 있어. 그분은 그 물건을 잡고 그렇게 많은 돈을 내어주시지는 않았어."

"계속해 봐!" 성급한 눈길로 누나의 빈손을 훑어 본 그가 말했다.

그녀는 겁을 먹은 채 계속했다. "얼마 전에 꿈을 꾸었어. 아픈 내 아이와 함께 교회묘지로 갔어. 우리가 어머니의 무덤 앞에 오자, 만발한 하얀 장미 덩굴 아래 어머니의 묘석이 있는데 그 위에 어머니가 앉아 계신 거야. 그리고 손에는 그 작은 잔을 들고 계셨지. 그건 내가 아이였을 때 어머니한테 선물로 받은 거야. 그런데 우리가 가까이 다가가자 어머니는 잔을 입술에 대셨어. 그러면서 아이에게 미소를 지으며 고개를 끄덕이셨고, 나는 어머니가 말하는 걸 분명히 들었어. "건강을 위하여!"라고. ─ 그건 어머니가 살아 계실 때 들었던 부드러운 목소리였어, 다니엘. 난 이 꿈을 사흘 동안 계속 꾸었어."

"그런데?" 불레만 씨가 물었다.

"동생, 잔을 돌려줘! 성탄절이 가까웠어. 아픈 아이의 빈 성탄절 과자 접시에 그걸 놓아줘!"

노란 꽃무늬 모닝 가운을 입은 그 마른 남자는 꼼짝도 않고 그녀 앞에 서서, 그의 번쩍이는 둥근 눈으로 그녀를 노려보았다. "돈은 있어?" 그가 물었다. "꿈으로는 어떤 저당물도 되찾을 수 없어."

"아, 다니엘!" 그녀가 외쳤다. "우리 어머니를 믿어! 내 아이가 그 작은 잔으로 마시게 된다면 그 애는 건강해질 거야. 동정을 좀 베풀어줘. 그 아이도 네 혈육이잖아!"

그녀는 그에게 손을 뻗었다. 그러나 그는 한 걸음 뒤로 물러섰다. "내게서 떨어져." 그가 말했다. 그리고 나서는 고양이들을 불렀다. "그랩스, 늙은 짐승아! 슈노레스, 내 아들아!" 그러자 커다랗고 누런 고양이가 한 번에 주인의 팔에 뛰어올라, 발톱으로 얼룩얼룩한 뾰족 모자를 움켜잡았다. 그사이 검은 고양이는 야옹 거리며 그의 무릎 사이에서 기어오르려고 했다.

아픈 소년이 슬금슬금 가까이 다가왔다. "엄마," 소년이 자기 어머니의 손을 급하게 잡아당기며 말했다. "이 사람이 자기 검둥이 아이들은 팔아먹었다는 삼촌이야?"

순간 불레만 씨는 고양이들은 집어 던지고 울부짖는 아이의 팔을 움켜쥐었다. "저주받을 비렁뱅이 자식," 그가 소리쳤다. "너도 그 미친 소리를 지껄이는 거냐?"

"동생, 동생!" 여인이 비탄에 젖어 소리쳤다. — 그러나 아이는 이미 저 아래 층계참에 신음하며 누워있었다. 어머니는 아이에게 뛰어 내려가서 부드럽게 아이를 팔에 안았다. 그리고 피가 흐르는 아이의 머리를 가슴에 대고 몸을 일으켜 세우더니, 위쪽 계단 난간에 으르렁거리는 고양이들 사이에 서 있는 동생을 향해 꽉 쥔 주먹을 올려댔다. "흉악한 인간, 나쁜 놈!" 그녀가 외쳤다. "네 짐승들 틈에서 파멸해 버려라!"

"저주해 봐, 하고 싶은 만큼!" 동생이 대답했다. "하지만 집에서 나가기나 해."

아낙네가 우는 아이와 함께 어두운 계단을 내려가는 동안 그는 고양이들을 불러들이고, 등 뒤로 방문을 닫았다. — 부자들의 냉정함이 가난한 사람들의 저주를 불러일으켰을 때, 그것이 위험하다는 것을 그는 생각지 못했다.

며칠 뒤, 앙켄 부인은 늘 그렇듯이 점심을 갖고 주인의 방으로 들어왔다. 그러나 그녀는 오늘 그녀의 얇은 입술을 보통 때보다도 더 꼭 다물고 있었다. 그녀의 작고 어리석은 눈은 즐거움에 반짝거렸다. 그 날 저녁 그녀의 부주의함 때문에 험한 말을 들어야만 했는데, 그것을 잊지 않고 있었고, 이제 이자를 붙여 되돌려 주려고 생각했기 때문이다.

"성 막달레나 교회에서 종이 울리는 것 들었어요?" 그녀가 물었다.

"아뇨." 계산판 위에 몸을 수그리고 앉아 있던 그가 짧게 대답했다.

"왜 종이 울렸는지 혹시 아세요?" 노파가 계속 물었다.

"쓸데없는 수다는! 난 와글대는 소리 안 들어요."

"하지만 그건 주인님 누나 아들 때문에 울린 거예요."

불레만 씨는 펜을 내려놓았다. "아주머니, 무슨 헛소리요?"

"내 말은, 사람들이 막 어린 크리스토프를 묻었다는 거예요." 그녀가 대답했다.

불레만 씨는 벌써 다시 글씨를 쓰고 있었다. "왜 그걸 나한테 얘기하죠? 그 아이가 나랑 무슨 상관이 있어요?"

"글쎄, 그냥 생각했어요. 시내에서 무슨 새로운 일이 일어났는지 사람들은 즐겨 이야기하니까요—"

불레만 씨는 그녀가 나가고 난 뒤 펜을 내려놓고 뒷짐을 진 채 오랫동안 방안을 이리저리 서성거렸다. 마치 아동학대 때문에 그를 의회로 데려갈 시의 사환이 방으로 들어오는 것을 보길 고대하기라도 하는 듯이, 아래쪽 골목에서 뭔가 소음이 들리면 급히 창문으로 갔다. 갖다놓은 음식에서 자기 몫을 가르랑거리며 먹던 검은 그랍스는 발에 걷어 채여 울부짖으며 방구석으로 도망갔다. 그런데 그게 배고픔에서인지 아니면 보통은 그렇게 굴종적인 짐승의 본성이 뜻밖에 변화된 것인지, 그랍스가 주인을 향해 몸을 돌리더니 화가 나서 쌕쌕 숨을 몰아쉬며 그를 향해 달려들었다. 불레만 씨는 그에게 두 번째 발길질했다. "먹어!" 그가 말했다. "네놈들이 날 기다릴 필요 없어!"

두 마리의 고양이는 방바닥에 자신들을 위해 놓아둔 가득한 그릇 앞으로 껑충 뛰어갔다.

하지만 그 뒤 아주 이상한 일이 일어났다.

먼저 밥을 먹은 누런색의 슈노레스는 이제 방 한가운데 서서, 기지개를 켜더니 몸을 동그랗게 말았다. 그때 불레만 씨는 갑자기 그 고양이 앞에 서더니 그 짐승 주위를 한 바퀴 빙 돌면서 이쪽저쪽에서 관찰했다. "슈노레스, 이 늙은 불한당아, 도대체 무슨 일이냐?" 그는 수고양이의 머리를 쓰다듬으며 말했다. "넌 늙었는데도 몸이 더 자랐구나!" ─ 그 순간 다른 고양이도 그쪽으로 펄쩍 뛰어왔다. 그놈은 윤기 나는 털을 곤두세우더니 검은 두 발로 일어섰다. 불레만 씨는 얼룩덜룩한 뾰족 모자를 이마 위로 밀어 올렸다. "이놈도!" 그는 웅얼거렸다. "이상하군. 종자가 그런 게 틀림없어."

그사이 어두워졌다. 그리고 아무도 오지 않았고, 아무도 그를 불안하게 하지 않았기 때문에, 그는 탁자에 놓여있는 음식들 앞에 앉았다. 드디어 그는 옆 안락의자에 앉아 있는 거대한 고양이들은 편안하게 관찰하기까지 했다. "네놈들은 한 쌍의 당당한 고양이들이야!" 그는 고양이들에게 고개를 끄덕여 보이며 말했다. "이제 너희를 위해, 아래층 노파가 더는 쥐약을 놓으면 안 되겠구나!" 그런데 밤에 침실로 갈 때 그는 전처럼 고양이들을 데리고 들어가지 않았다. 그리고 고양이들이 밤에 앞발로 방문을 치고, 야옹거리며 미끄러지는 소리를 들었을 때, 그는 이불을 귀까지 끌어올리며 생각했다. '그래 야옹거려라. 난 네놈들 발톱을 봤어.'

그리고 다음 날이 됐다. 점심때가 됐을 때는 하루 전과 똑같은 일이 일어났다. 밥그릇을 비우고 고양이들은 묵직하게 펄쩍 뛰어올라 방 한가운데로 와서는 기지개를 켜고 몸을 뻗었다. 벌써 계산판 앞에 다시 자리 잡고 있던 불레만 씨가 고양이들에게 힐끗 눈길을 던졌을 때, 그는 놀라서 자신의 회전의자를 뒤로 밀어젖히고 목을 길게 뺀 채 서 있었다. 그곳에 마치 자신들에게 거슬리는 일이 일어나기라도 한 듯, 낮은 소리로 울며 그랍스와 슈노레스가 몸을 떨면서 꼬리를 말고 털을 곤두세운 채 서 있었다. 불레만 씨는 그들의 몸이 커지는 것을 보았다. 그들은 커지고, 더 커졌다.

잠깐 그는 손으로 책상을 꼭 짚은 채 서 있었다. 그러고 나서 휙 짐승들을 지나 방문을 열었다. "앙켄 부인, 앙켄 부인!" 그는 소리쳤다. 그리고 그녀가 그 소리를 못 들은 듯 싶자, 손가락으로 휘파람은 불었다. 곧 노파가 아래층 뒤채에서 발을 질질 끌며 나와서는 숨을 헐떡거리며 계단을 하나씩 하나씩 올라왔다.

"고양이들 좀 봐요!" 그녀가 방으로 들어서자 그가 말했다.

"자주 보았는데요, 불레만 씨."

"그럼 저 녀석들 뭐 변한 것 없어요?"

"모르겠는데요, 불레만 씨!" 그녀는 근시의 눈으로 여기저기 둘러보며 대답했다.

"저게 도대체 무슨 종류의 짐승이요? 저건 이제 더는 고양이가 아녜요!" — 그는 노파의 팔을 움켜주고 그녀를 벽에 밀어붙였다. "이 빨간 눈의 마녀," 그가 소리쳤다. "내 고양이들에게 뭘 지어 먹였는지 고백해!"

아낙네는 뼈마디가 두드러진 손을 꼭 맞잡고 알 수 없는 기도를 중얼거리기 시작했다. 그런데 그 무서운 고양이들이 주인의 오른쪽, 왼쪽 어깨에 올라타서 뻣뻣한 혀로 그의 얼굴을 핥자, 불레만은 노파를 놓아 줄 수밖에 없었다.

끊임없이 중얼대고 잔기침을 해대며 노파는 방에서 나와 계단을 기어 내려왔다. 그녀는 정신이 나간 것 같았다. 주인이 더 무서운 건지 아니면 커다란 고양이들이 무서운 건지 자신도 잘 몰랐다. 그렇게 그녀는 뒤쪽에 있는 자기 방으로 돌아왔다. 떨리는 손으로 돈이 들어 있는 실 양말을 침대에서 꺼냈다. 그러고 나서는 서랍에서 몇 벌의 낡은 치마와 헌 옷을 꺼내어, 이것으로 그녀의 재산을 둘둘 말아 커다란 보따리를 만들었다. 그녀는 무슨 일이 있어도 이 집을 떠날 생각이었다. 멀리 시 외곽에 사는 집주인의 가난한 누나를 생각했다. 그녀는 항상 노파에게 친절했다. 노파는 그녀에게 가려고 했다. 물론 거기까지는 아주 먼 길이었다. 수많은 골목을 지나야 하고, 어두운 웅덩이와 운하 위에 놓인 좁고 긴 많은 다리를 건너야만 했다. 게다가 이미 밖에는 겨울밤이 다가오고 있었다. 그래도 그녀는 길을 나섰다. 유치한 생계대책으로 호두나무 장롱에 쌓아둔 수많은 밀가루 빵에 대해서는 생각도 않고, 무거운 보따리를 목덜미에 메고 집을 나섰다. 육중한 참나무 문을 커다랗고 구불구불한 열쇠로 조심스럽게 잠그고 열쇠는 자신의 가죽 주머니에 집어넣었다. 그러고 나서 숨을 헐떡이며 어두운 도시를 빠져나갔다.

앙켄 부인은 다시는 돌아오지 않았다. 그리고 불레만 씨

집의 문도 두 번 다시 열리지 않았다.

그러나 그녀가 집을 나간 바로 그 날, 머슴인 루프레히트와 장난을 치며 집 사이를 돌아다니던 어떤 젊은 백수건달은, 자기가 거친 털가죽 옷을 입고 크레센티우스 다리를 건널 때 어떤 노파를 얼마나 놀라게 했던지 그녀가 보따리를 맨 채 미친 것처럼 어두운 물로 뛰어들었다는 이야기를 자기 친구에게 웃으며 털어놓았다. ― 그리고 다음 날 아침 아주 먼 시 외곽에서 보따리를 단단히 맨 어떤 노파의 시체를 야경꾼들이 물에서 건져냈다. 아무도 그녀의 신원을 몰랐기 때문에 시신은 곧바로 초라한 관 속에 든 채 그곳 교회묘지의 빈민을 위한 장소에 묻혔다.

그 아침은 바로 성탄절 아침이었다. ― 불레만 씨는 불쾌한 밤을 보냈다. 고양이들과 그놈들이 자기 방문에 대고 벌인 소동들은 그를 못 견디게 하였다. 새벽녘이 되어서야 그는 길고 깊은 잠에 빠졌다. 드디어 뾰족 모자를 쓴 머리를 거실로 내밀었을 때 그는 두 마리의 고양이들이 큰 소리로 으르렁거리며 불안한 걸음으로 서로 빙글빙글 돌고 있는 것을 보았다. 이미 점심때였다. 벽시계가 한 시를 가리키고 있었다. "배가 고프겠군, 저 야수들." 그는 중얼거렸다. 그러고 나서 복도 쪽문을 열고 휘파람으로 노파를 불렀다. 동시에 고양이들이 밖으로 밀치고 나가 계단을 뛰어 내려갔다. 그는 곧 아래쪽 부엌에서 뛰어오르는 소리, 접시가 덜그럭거리는 소리를 들었다. 앙켄 부인이 다른 날들을 위해 음식을 남겨 올려놓곤 하던 찬장으로 고양이들이 뛰어오른 게 분명했다.

불레만 씨는 위쪽 계단에 서서 화를 내면서 큰 소리로 노파를 불렀다. 그러나 정적만이 대답했고, 오래된 집의 모서리로부터 희미한 메아리만 아래쪽에서 위를 향해 올라올 뿐이었다. 그는 노란 꽃무늬 모닝 가운의 품을 여미고 아래층으로 내려가 보려고 했다. 그때 아래쪽 계단이 쿵쿵 울리더니 두 마리 고양이가 다시 올라오고 있었다. 그러나 그것은 더 이상은 고양이라고 할 수 없었다. 그것은 두 마리의 이름 모를 엄청난 맹수였다. 그것들은 불레만을 향해 서더니 이글거리는 눈으로 쏘아보고 낮게 으르렁거리는 소리를 냈다. 그는 그들을 지나가려고 했다. 그러나 후려치는 앞발에 그의 잠옷 한 조각이 찢어졌다. 그는 뒤로 물러섰다. 방으로 뛰어들어갔다. 골목에 있는 사람들에게 소리치기 위해 창문 하나를 열려 했다. 그러나 고양이들이 뒤따라 뛰어 들어와서는 그의 앞으로 갔다. 화가 나서 그르렁거리며 몸을 둥글게 말고 창문들 앞을 오락가락했다. 불레만 씨는 복도로 뛰어나와 방문을 뒤로 닫았다. 그

러나 고양이들은 앞발로 문고리를 쳐 다시 계단에 있는 그의
앞에 섰다. — 그는 다시 방으로 도망갔다. 그러나 고양이들은
다시 그곳에 있었다.

이미 낮이 다 지났다. 어둠이 모든 구석에 기어들었다. 불
레만 씨는 골목의 아래쪽 저 멀리서 들려오는 노랫소리를 들
었다. 소년과 소녀들이 집집마다 돌며 성탄절 노래를 불렀다.
그들은 모든 집 문을 지나갔다. 그는 서서 귀를 기울였다. 자
기 집 문으로는 아무도 안 오는 건가? —

하지만 그는 분명히 알고 있었다. 자신이 그 아이들 모두
를 쫓아버렸었다. 아무도 문을 두드리지 않았다. 그들은 그냥
지나갔다. 차츰 조용해지더니 골목에 적막이 찾아왔다. 그리
고 그는 다시 도망가려고 했다. 힘을 쓰려고 했다. 동물들과
씨름을 했다. 손과 얼굴이 피범벅으로 찢겼다. 그래서 다시 꾀
를 부리기로 했다. 그는 짐승들은 이전에 부르던 애칭으로 불
렀다. 그들의 털에 나오는 섬광을 쓰다듬고, 크고 흰 이빨이
달린 그들의 넓적한 머리를 쓰다듬기까지 했다. 고양이들도 그
의 앞에 엎드려 발밑에서 가르랑거리며 뒹굴었다. 그러나 그
가 기회를 포착했다고 생각하고 문밖으로 빠져나가려고만 하
면 펄쩍 뛰어 일어나 그의 앞에 낮게 으르렁거리며 서 있었

다. ─ 그렇게 밤이 가고, 그리고 그렇게 낮이 왔다. 그는 여전히 두 손을 비틀고, 숨을 헐떡이며, 흰머리를 헝클어뜨리며 계단과 그의 방 창문들 사이를 뛰어다녔다.

그리고 낮과 밤이 두 번 더 바뀌었다. 드디어 그는 완전히 기운이 빠지고 사지가 욱신거린 채 안락의자에 몸을 던졌다. 고양이들은 그의 맞은편에 앉아 반쯤 감은 눈으로 졸린 듯 껌뻑거리며 그를 바라보고 있었다. 점차 그의 육체의 움직임들이 적어지더니, 드디어 아주 멈춰버렸다. 납빛 같은 창백함이 면도하지 않은 회색 수염 난 얼굴을 덮었다. 그는 한 번 더 숨을 내쉬며 팔을 뻗고 긴 손가락들을 무릎 위로 펼쳤다. 그러고 나더니 더는 움직이지 않았다.

그사이 아래쪽 황량한 방들이 정적 속에 있었던 것은 아니다. 좁은 마당으로 향해있는 뒤채의 문밖은 부지런히 갉아 먹혀들어가고 있었다. 드디어 문지방 위로 구멍이 뚫리더니 점점 더 커졌다. 회색 쥐 하나가 머리를 들이밀었다. 그러더니 또 한 마리가, 그러고는 곧 한 떼의 쥐가 복도를 지나 계단을 올라가 이 층으로 재빨리 올라갔다. 여기서 다시 방문 앞에서 새로운 작업이 시작되었다. 그리고 이 문도 갉아버리고 나자 그들은 앙켄 부인이 남겨놓은 보물이 저장된 커다란 장롱 앞에 도착했다. 그것은 게으름뱅이 천국에서의 삶과 같았다. 길을 지나가려면, 그냥 갉아먹어 버리면 됐다. 작은 짐승들은 배불리 먹었다. 그만 먹고 싶으면, 꼬리를 둥글게 말고, 파먹은 빵 안에서 잠시 잠을 잤다. 그들은 밤에 나타나서 복도를 재빨리 지나가거나, 혹은 달이 비치면 앞발을 핥으며 창문 앞에 앉아 그들의 작고 반짝이는 눈으로 골목들을 내려다보았다.

하지만 이 즐거운 일은 곧 끝을 맞아야만 했다. 삼 일째 되던 밤, 즉 바로 위층에서 불레만 씨가 눈을 감던 그때, 바깥 계단이 쿵쿵거렸다. 거대한 고양이들이 뛰어 내려와서 앞발로 갉겨 한 번에 방문을 열고는 사냥을 시작했다. 그래서 모든 흥겨움은 끝이 났다. 살찐 쥐들은 놀라서 아우성을 치고 찍찍거리며 이리저리 뛰어 달아나고, 어찌할 바를 모르고 벽으로 기어오르려 하였다. 하지만 헛된 일이었다. 쥐들은 차례차례 두 마리 맹수의 이빨 사이에서 으스러지며 조용해졌다.

그러고 나서는 고요해졌다. 그리고 곧 위쪽 주인의 방 앞에서 앞발을 쭉 뻗고 앉아 수염의 피를 핥고 있는 고양이들이 나지막하게 가르릉 거리는 소리 외에 온 집 안에서 아무 소리도 들리지 않게 되었다.

아래층 현관문에 달린 자물쇠는 녹이 슬어가고, 놋쇠로 된 문 두드리는 장식은 녹청이 먹어 들어가고 있었고, 계단의 돌 사이에는 풀이 자라기 시작했다.

그러나 바깥세상은 아무 상관 없이 돌아가고 있었다. —
여름이 되자 성 막달레나 교회의 마당에 있는 어린 크리스토
프의 무덤은 활짝 핀 흰 장미 덩굴로 덮였다. 그리고 곧 그 아
래 작은 묘석도 놓였다. 장미 덩굴은 그의 어머니가 아들을
위해 심은 것이다. 분명 그녀가 묘석을 세울 수는 없었을 것이
다. 그러나 크리스토프는 친구가 한 명 있었다. 그는 젊은 음
악가로, 그 고물상의 아들이었다. 그는 크리스토프의 건너편
집에 살고 있었다. 음악가가 자기 집 피아노에 앉아 있으면, 처
음에 아이는 창문 아래로 살금살금 다가왔다. 나중에는 음악
가가 오후에 오르간 연습을 하는 막달레나 교회로 가끔 아이
를 데려갔다. — 창백한 소년은 음악가 발치에 작은 발판 의자
에 앉아 오르간 의자에 머리를 기대고 음악에 귀를 기울이며
교회 창문을 통해 비치는 햇살을 바라보고 있었다. 젊은 음악
가가 자신의 주선율을 연주하는데 빠져 깊고 힘찬 음이 천장
을 울리게 하거나, 혹은 트레물란트[5]를 사용하여 음이 위대한
신 앞에서 떨리듯 그곳에서 울려 퍼지면, 소년이 나직이 훌쩍

---

5 파이프 오르간의 떨림음 발생장치.

거리기 시작해서 그의 친구가 그를 진정시키기 힘든 상황이 발생하기도 했다. 한 번은 소년이 슬프게 말하기도 했다. "그건 날 아프게 해요, 레베레히트, 그렇게 크게 연주하지 마세요."

그러면 오르간 연주자도 풍금의 커다란 스톱을 다시 밀어 놓고, 가늘고 부드러운 다른 음을 치기 시작했다. 소년이 좋아하는 노래, "너의 길을 맡겨라"가 달콤하고 감동적으로 고요한 교회에 울려 퍼졌다. — 소년은 아파서 힘없는 목소리로 조용히 노래를 따라 부르기 시작했다. "나도 연주하는 걸 배우고 싶어요." 오르간이 조용해지자 그가 말했다. "나한테 가르쳐 줄래요, 레베레히트?"

젊은 음악가는 아이의 머리에 손을 올려놓았다. 그의 노란 머리카락을 쓰다듬으며 대답했다. "우선 건강해지기나 해, 크리스토프. 그럼 내가 기꺼이 가르쳐 줄게."

그러나 크리스토프는 건강해지지 않았다. — 그의 어머니와 함께 젊은 음악가도 그의 작은 관을 따라갔다. 그들은 여기서 처음 말을 건넸다. 어머니는 유물로 받은, 작은 은잔에 대해 세 번이나 꾼 꿈에 관해 이야기했다.

"그 잔은," 레베레히트가 말했다, "제가 드릴 수도 있었어요. 저희 아버지께서 몇 년 전에 많은 다른 물건과 함께 그 잔을 아주머니 동생한테서 사들였어요. 아버지는 그 섬세한 물건을 언젠가 제게 크리스마스 선물로 주셨어요."

여인은 비탄을 쏟아내었다. 그리고는 "아, 그 애는 분명 건강해졌을 텐데!"라고 반복했다.

젊은이는 잠시 묵묵히 그녀 곁을 걸었다. "그 잔은 우리의 크리스토프가 가져야만 해요." 그가 드디어 말했다.

그리고 그렇게 됐다. 며칠 뒤에 그는 그 잔을 귀중품 수집가에게 좋은 값을 받고 팔았다. 그리고 그 돈으로 어린 크리스토프의 무덤에 묘석을 세우도록 했다. 그는 거기에 잔의 그림을 새겨 넣은 대리석 판을 넣도록 했다. 그 아래에는 다음과 같은 글씨가 새겨져 있었다. "건강을 위하여!" —

눈이 그 무덤에 덮여있거나, 혹은 유월의 태양 아래에서 장미 넝쿨이 무성해진 그 오랜 세월 동안 가끔 창백한 여인 한 사람이 와서는 추억에 잠겨 깊은 생각을 하며 묘석에 새겨진 낱말을 읽었다. — 그러더니 어느 해 여름 그녀는 더는 오지 않았다. 하지만 세상은 아무 상관 없이 돌아갔다.

단 한 번, 오랜 시간이 지난 뒤에, 아주 늙은 남자가 무덤을 찾아왔다. 그는 작은 묘석을 뚫어지게 바라보고, 오래된 장미 넝쿨에서 흰 장미 한 송이를 꺾었다. 그것은 성 막달레나 교회의 정년퇴직한 오르간 주자였다.

그런데 이야기가 끝이 나려면, 우리는 평화로운 아이의 무덤을 떠나, 저 너머 도시에 있는 뒤스터 거리의 돌출 방이 있는 낡은 집에 한 번 더 눈길을 돌려야만 한다. — 그 집은 여전히 침묵한 채, 문이 잠긴 채 서 있었다. 바깥세상에서는 끊임없이 삶이 흘러가고 있을 때, 집 안의 잠긴 방안에는 복도의 갈라진 틈에서 들 버섯이 자라고 있었고, 천장에서는 석회가 떨어져 내려 외로운 밤에 복도와 계단에 엄청난 메아리를 울리게 했다. 그 성탄절 밤에 노래를 불렀던 그 아이들은 이제 노인이 되어 다른 집들에 살거나 이미 삶을 마감하고 저세상으로 가버렸다. 지금 골목을 오가는 사람들은 다른 옷차림을 하고 있었다. 저 멀리 시 외곽의 교회 무덤에 있는 앙켄 부인의 이름 없는 무덤에 세워진, 번호가 적힌 검은 말뚝은 이미 오래전에 썩어 버렸다. 어느 날 저녁 또다시, 이미 자주 그랬듯이, 이웃집을 넘어 보름달이 불레만 집 사 층의 돌출 창으로 비쳐들어 그 푸른빛으로 방바닥에 작고 둥근 얼룩을 그려냈다. 방은 텅 비어 있었다. 단지 안락의자 위에 한 살배기 아이만 한 크기의 작은 형체가 몸을 구부리고 앉아 있었다. 그러나 그 얼굴은 늙고 수염이 나 있었다. 그리고 그 살 없는 코는 어울리지 않게 컸다. 그런데 그는 귀까지 푹 내려오는 뾰족 모자를 쓰고 있었고, 기다란, 언뜻 보기에는 어른 남자에게 어울릴 듯한 모닝 가운을 입고 있었다. 그 형상은 가운의 안으로 발을 끌어올리고 있었다.

이 형체는 불레만 씨였다. ― 굶주림은 그를 죽이지 않았다. 대신 영양결핍으로 그의 몸은 바싹 말라 줄어들었다. 그렇게 그는 해가 갈수록 작아지고 더 작아졌다. 그사이 오늘 밤처럼 보름달이 뜬 밤에는 그는 잠에서 깨어, 점점 더 기운이 떨어지는데도 불구하고 자신을 감시하고 있는 고양이에게서 벗어나려고 했다. 이 무익한 노력에 지쳐 안락의자에 쓰러지거나, 마침내 안락의자에 기어오르게 되면, 다시 납같이 무거운 잠에 빠지게 되었다. 그러면 그랍스와 슈노레스는 바깥쪽 문 앞에 몸을 쭉 뻗고 꼬리로 바닥을 쓸며, 혹시 앙켄 부인의 보물이 새로운 쥐 떼를 집 안으로 끌어들이지나 않을까 귀를 기울이고 있었다.

오늘은 달랐다. 고양이들은 방에도 바깥의 복도에도 없었다. 창으로 스며든 달빛이 방바닥을 지나, 작은 형체를 점차 비춰 올라가자, 그 형체가 움직이기 시작했다. 커다랗고 둥근 눈이 떠졌다. 불레만 씨는 빈방을 둘러보았다. 잠시 후 그는 긴 소매를 조심스레 걷어 올리며 의자에 미끄러져 내려와 천천히 문으로 향했다. 모닝 가운의 넓고 긴 옷자락이 그의 뒤에 질질 끌렸다. 발끝으로 서서 방문 고리를 잡아 문을 열고 계단

난간까지 가는 데 성공했다. 그는 잠시 숨을 헐떡이며 서 있었다. 그러더니 고개를 길게 빼서 "앙켄 부인, 앙켄 부인!" 하고 애를 써 불렀다. 그러나 그의 목소리는 아픈 아이가 속삭이는 것처럼 들릴 뿐이었다. "앙켄 부인, 배고파요. 좀 들어주세요!"

모든 게 고요했다. 이제 아래쪽 방들에서는 쥐들만이 찍찍거리며 난리 칠뿐이었다.

그러자 그는 화가 났다. "마녀, 저주받을 인간, 뭐라고 꽥꽥거리는 거야!" 그리고 이해할 수 없이 속살거리는 욕설 한 무더기가 숨이 막힐 듯한 기침이 쏟아져 혀가 마비될 때까지 그의 입에서 쏟아져 나왔다.

아래쪽 현관문 밖에서 묵직한 놋쇠로 된 문 두드리는 장식이 울렸다. 메아리가 집의 꼭대기까지 울러 퍼졌다. 그것은 이 이야기 시작 때부터 언급되던 한밤의 그 젊은이였을 것이다.

불레만 씨는 다시 기운을 차렸다. "그래 문을 한 번 열어보시지!" 그가 웅얼댔다. "저건 그 사내 녀석이야. 그 크리스토프란 놈. 그 녀석이 잔을 가져가려고 해."

갑자기 쥐들이 찍찍거리는 사이로 그 거대한 고양이들이 아래쪽에서 위쪽으로 뛰어 올라가는 소리와 으르릉거리는 소리가 들렸다. 그는 이제 알아차린 것 같았다. 그가 잠에서 깨어났을 때 고양이들이 맨 꼭대기 층을 떠나 그를 방해하지 않은 것은 처음 있는 일이었다. — 그는 긴 가운을 질질 끌며 급히 방으로 쿵쾅거리며 돌아왔다.

골목 저 아래쪽에서 그는 야경꾼이 외치는 소리를 들었다. "사람이다, 사람이야!" 그는 중얼거렸다. "밤이 너무 길어 난 몇 차례나 잠에서 깨지. 달이 아직도 비치네."

그는 돌출 방의 구석에 놓인 쿠션 의자 위로 기어올랐다. 비쩍 마른 손가락으로 열심히 창문 고리를 벗기려 했다. 하지만 헛되이 문을 열려고 했을 뿐이다. 그때 그는 잠시 위쪽을 올려다보고 있던 그 남자가 집의 그림자 속으로 물러서는 것을 보았다.

그의 입에서 낮은 비명이 터져 나왔다. 몸을 떨며 움켜진 주먹으로 그는 창유리를 두드렸다. 하지만 그것을 부수기에는 그의 힘이 너무 약했다. 이제 그는 애원과 약속을 뒤섞어 속삭이기 시작했다. 아래쪽에서 본 그 사람의 형상이 점점 더 멀어져 가는 동안 그의 속삭임은 점차 목멘 쉰 울음소리로 변해갔다. 그는 자신의 보물을 그와 나누려고 했다. 그가 들으려고만 했더라면 그는 모든 것을 다 가졌을 것이다. 불레만 씨 자신은 아무것도 원치 않았다. 자기 자신을 위해서는 하나도 원치 않았다. 단지 어린 크리스토프의 소유였을 그 잔만을 원했다.

하지만 저 아래쪽의 그 남자는 아무 상관도 않고 가버려 곧 옆 골목으로 사라졌다. ― 불레만 씨가 그 날 밤에 했던 말 중 한마디도 살아 있는 사람 귀에 들리지 않았다.

결국, 모든 무익한 노력 뒤에 작은 형체는 쿠션 의자 위에 쪼그리고 앉아, 뾰족 모자를 똑바로 매만지고 텅 빈 밤하늘을 바라보았다.

지금도 여전히 그는 그렇게 앉아서 하느님의 자비를 고대하고 있다.

키프리아누스의 거울

백작의 저택은 오래된 성채로 산꼭대기 탁 트인 곳에 자리 잡고 있었다. 아주 오래된 소나무와 참나무들의 우듬지가 깊은 계곡에서부터 하늘로 쭉쭉 뻗어 있었다. 산 아래쪽에 넓게 펼쳐진 숲과 목초지에는 봄 햇살이 비치고 있었다. 하지만 성안에는 슬픔이 가득했다. 백작의 어린 외아들이 알 수 없는 지병을 앓고 있기 때문이었다. 성으로 불리어 온 최고의 의사도 이 질병의 원인을 알 수가 없었다.

커튼이 쳐진 방 안에 소년은 창백한 얼굴로 누워 잠들어 있었다. 두 명의 여인들은 침대의 양쪽에 앉아 걱정 가득한 눈길로 아이를 바라보고 있었다. 한 명은 고상한 하녀의 옷을 입은 늙은 여인이었고, 다른 여인은 이 저택의 안주인이 분명했다. 이 여인은 아직도 젊었지만, 창백하고 선량한 얼굴에는 지난 세월 고통의 흔적이 남아 있었다. — 그녀 청춘의 가장 아름다웠던 시절, 재산이 많지 않았던 이 처녀에게 백작이 구혼했었다. 그러나 백작은 자기가 한 말 외에는 잘못한 게 없었기 때문에 마음을 바꾸어 버렸다. 어떤 부유하고 아름다운 여인이 지위 있는 훌륭한 신랑감을 가진 가난한 처녀에게 샘이 나, 경솔한 남자를 사랑의 그물에 옭아매어 버렸기 때문이다. 그래서 이 여인이 백작의 성에 안주인이 되어 들어가 있는 동안, 버림받은 처녀는 미망인인 어머니의 집에 머물러 있었다.

하지만 젊은 백작 부인의 행복은 그리 오래가지 않았다. 일 년 후 그녀는 어린 쿠노를 낳고 악성 산욕열로 죽고 말았다. 그리고 또다시 일 년이 지난 뒤, 백작은 어머니 잃은 어린 아들을 위해 자신이 전에 버렸던 그 여인보다 더 나은 새어머니는 없을 거라는 것을 알게 되었다. 조용한 성품을 지닌 그 여인은 백작 때문에 겪었던 모든 고통을 용서하고 이제 그의 아내가 되었다. — 그래서 지금 옛날 연적의 아들 곁에 걱정스레, 잠을 못 이루고 앉아 있는 것이다.

"이제 조용히 자고 있네요." 노파가 말했다. "마님도 조금 쉬셔야죠."

"아니에요, 유모." 그 착한 여인이 대답했다. "아직 피곤하지 않아요. 여기 푹신한 소파에 편안하게 앉아 있잖아요."

"하지만 며칠 밤을 꼬박 새우셨잖아요! 옷을 벗지 않고 자는 것은 잠이라고 할 수 없어요." 그리고 조금 뒤에 그녀는 이렇게 덧붙였다. "이 성에 늘 마님 같은 새어머니가 있던 건 아니에요."

"그렇게 칭찬하지 마요, 유모!"

"그럼 마님은 키프리아누스의 거울 이야기를 모르시는군요?" 노파가 다시 말을 이었다. 백작 부인이 모른다고 하자 그녀는 이야기를 계속했다. "그럼 이야기해 드리죠. 그게 걱정을 좀 덜어줄 거예요. 좀 보세요. 도련님이 어떻게 자고 있는지. 작은 입에서 숨이 아주 편안하게 흘러나오는군요! — 이 쿠션을 허리에 괴세요. 그리고 발은 여기 발을 받치는 의자에 올려놓으세요! — 자 이제 조금만 기다리세요, 기억을 제대로 더듬어볼게요."

백작 부인이 쿠션에 기대앉아 노파에게 친절하게 고개를 끄덕이자, 저택의 경험 많은 하녀는 이야기를 시작했다.

"100년도 더 이전에 어떤 백작 부인이 이 성에서 살았어요. 모든 사람이 그분을 착한 백작 부인이라고 불렀죠. 그 이름은 정말 옳았어요. 그분은 마음이 겸손했고, 가난한 사람들과 아랫사람들을 참 잘 돌봐주었기 때문이죠. 하지만 행복한 백작 부인은 아니었어요. 도움을 주려고 저 아래 마을 소작농

들의 집에 들어설 때면, 낮은 문으로 들어가려는 그분을 가로
막는 한 무리의 아이들을 종종 고통스럽게 바라보고는 했지
요. 그러고는 이렇게 생각했죠. '저렇게 볼이 포동포동한 작은
천사를 왜 제게는 단 한 명도 허락하지 않으시는 겁니까?'라
고요. 백작 부인은 남편과 산 지 벌써 10년이 지났는데 아직
도 아이가 없었기 때문이었죠. 게다가 마님과는 달리 하느님
은 그분에게는 사랑의 보물을 선사할 엄마 잃은 아이조차도
안겨주시지 않았어요. 보통은 정의로운 남자였고, 아내에게
충실한 백작님이었지만, 넓은 영지를 이어받을 자손이 아직
태어나지 않은 것을 가끔 슬프게 생각하기 시작했죠. — 하느
님도 참!"— 노파는 이야기를 중단했다. —"부자에게는 아이
가 없고, 가난한 사람들은 종종 헛된 바람을 갖죠. 그들의 한
무리 아이 중에서 한두 명은 천사가 되어 하늘에 있었으면 하
고요. 그들을 위해 기도할 수 있게 말이죠."

"얘기 계속해 보세요!" 안주인은 부탁했고, 노파는 이야기
를 계속했다.

"그건 큰 전쟁의 마지막 시기였어요. 여기 이 성은 적의 부
대나 동맹군의 부대에 자주 점령당했어요. 그러던 어느 날 스
웨덴 사람들과 함께 이 땅으로 오게 된 한 늙은 의사가 저 뒤
쪽 숲에서 벌어진 전투 중에 교전이 끝나기를 기다리며 자기

약상자 옆에서 망을 보고 있다가 황제의 군인들이 쏜 총에 맞아 상처를 입게 됐어요. 그 사람은 키프리아누스라고 했는데, 이곳 성으로 옮겨졌지요. 이 성의 주인님은 황제 편이었지만, 착한 백작 부인은 그 의사를 극진히 간호했어요. 그분의 손은 약손이었다고 하죠. 그리고 그 이후 많은 시간이 지났어요. 백작 부인은 가끔 성 뒤쪽에 있는 작은 약초밭에서 회복 중인 늙은 의사 곁에서 이리저리 거닐거나, 그가 자연의 힘과 비밀에 대해 말하는 것을 듣기도 했죠. 그때는 이미 평화협정이 맺어진 상태였어요. 의사는 백작 부인에게 여러 가지 조언을 해주었어요. 나중에 돌보게 될 병자들에게 도움이 될 만한 조언들이었죠. 그리고 산에서 나는 약초에서 얻은 많은 치료약을 알려주었어요. 이렇게 아름다운 부인과 현명한 노 의사 사이에는 서로가 고마움을 느끼는 우정이 싹트기 시작했어요.

"그 무렵 일 년 전 황제의 군대에 들어가 전투에 참가했던 백작님이 성으로 돌아왔어요. 이제 다시 만난 기쁨이 가라앉자, 선량한 백작 부인의 얼굴에 은근한 걱정의 흔적이 보인다고 눈이 예리한 의사는 생각했어요. 하지만 노인은 겸손해서 물어보는 것을 망설이고 있었어요. 하지만 어느 날 당시 미헬 대공을 선두로 온 나라를 돌아다니던 집시 중의 한 여인이 백작 부인의 방에서 몰래 나오는 것을 봤어요. 그러자 저녁에 작은 정원을 산책하면서 노인은 백작 부인의 손을 잡고 캐묻듯 말을 건넸어요. '존경하는 부인, 부인은 제가 부인께 아버지와 같은 마음을 갖고 있다는 걸 알고 계시죠. 그러니 정오에 백작님께서 낮잠을 주무실 때 왜 그 사악한 이교도 여인을 방에 들이셨는지 말씀해 주실 수 있겠어요?'

"선량한 백작 부인은 깜짝 놀랐어요. 하지만 노인의 부드러운 얼굴을 보자, 이야기했죠. '키프리아누스 선생님, 나는 아주 큰 걱정이 있어요. 그래서 내게도 기회가 주어질 어떤 시기가 올까 알고 싶었어요.'

"'자 제게 속마음을 털어놔 보세요!' 의사가 말했다. '쉽게 믿는 사람을 속이면서, 미래는 절대 알지도 못하는 그 떠돌이들보다는 아마 제가 더 나은 해결책을 알고 있을지도 모릅니다!'

"이렇게 해서 백작 부인은 노 의사에게 근심을 털어놓게 되었지요. 아이가 없어 남편의 사랑까지도 잃게 되지 않을까 얼마나 두려워하는지를요.

"그렇게 말하면서 두 사람은 울타리를 따라 걷고 있었어요. 그리고 키프리아누스는 저 아래 놓인 숲들을 내려다보았어요. 숲들 위로는 이미 붉은 저녁놀이 지고 있었지요. '해가

지는군요.' 그가 말했어요. '내일 아침 해가 떠오르면, 저 해는 고향으로 향하는 나를 보게 될 겁니다. 하지만 저는 부인께 저의 생명과 건강의 빚을 지고 있습니다. 간청하건대, 제가 고향에 가면 확실한 사람을 시켜 부인께 감사의 선물을 보낼 테니 부디 거절하지 말아 주시기 바랍니다.'

"'그럼 정말 떠나시려는 겁니까, 키프리아누스 선생님?' 부인은 슬프게 외쳤다. '가장 좋은 위안자께서 나를 떠나려는군요.'

"'슬퍼하지 마십시오, 부인!' 그가 대답했다. '제가 말한 그 선물은 스페쿨룸입니다, 거울이에요. 별자리가 유별나게 교차하고, 일 년 중 성스러움을 가져다주는 시기에 만들어진 것입니다. 부인께서는 그 거울을 방 안에 세워두시고 여인들이 보통 쓰는 대로 사용하시면 됩니다. 그러면 사기를 치는 이방인들보다 더 좋은 소식을 거울이 곧 알려드릴 겁니다. — 제 고향 사람들은' 노인은 은밀하게 미소 지으며 덧붙였다. '제가 자연을 모르지는 않는다고 생각합니다.'"

노파는 이야기하다 중단했다. — "마님, 마님께서도 키프리아누스란 이름이 훗날 북쪽 모든 나라에서는 아주 강력한 마법사의 이름으로 알려졌다는 것을 아실 거예요. 사람들은 그가 죽은 뒤에 그가 쓴 책들을 어떤 성의 땅속 동굴 속에 쇠사슬로 매어놓았지요. 그 책 안에는 사악하고, 영혼의 성스러움을 해치는 것들이 들어 있다고 믿었기 때문이지요. 하지만 그 일을 행한 사람들은 정신이 나갔거나, 그들 자신이 순수한 마음을 갖지 못했던 거예요. 왜냐하면 — 키프리아누스가 여기 이 집에 머무는 동안 곧잘 말했던 것처럼 — '자연의 힘은 옳은 사람들에게는 결코 해가 되지 않기 때문'이죠.

"아무튼, 이제 얘기를 계속할게요. — 의사가 백작 부부에게 다정한 격려의 말을 하며 성을 뜨고 나서 몇 달 뒤 어느 날, 커다란 나무 상자를 실은 작은 마차가 성 마당에 도착했어요. 그때 백작과 부인은 오후에 한가하게 창문에 서 있었기 때문에 궁금해서 아래로 내려갔죠. 마부는 그들에게 양피지에 쓰인 키프리아누스의 편지 한 통을 건네주었어요. 상자에는 의사가 작별할 때 약속했던 감사의 선물이 들어있었죠. 편지에는 이렇게 쓰여 있었대요. '이 거울은 저를 성스러운 작업에 몰두시켰습니다. 그러니 이 거울이 백작님 부부의 삶에 긴 기쁨의 날들을 더해 드리기를 바랍니다. 하지만 모든 일의 마지막은 항상 무한하신 하느님의 손에 놓여 있다는 사실을 잊지 마시기 바랍니다. — 단 한 가지만은 조심해야 합니다. 어떤 경우에도 이 거울에 사악한 행동을 하는 모습을 비춰서는 안 됩니다. 그렇지 않으면 이 거울이 완성될 때 함께 작용한 치유의 능력들이 역으로 작용할 것입니다. 특히 이제 곧 두 분을 에워싸게 될 아이들에게는 말입니다. — 이것은 하느님만이 주관하십니다.— 그런 상황이 발생할 경우 죽음을 부르는 위험이 생길 수도 있습니다. 그러면 나쁜 짓을 한 사람의 혈통에서 나온 단 사람의 속죄양만이 거울의 성스러운 힘을 다시 찾아줄 겁니다. 두 분의 집안에서 행한 선만도 이미 매우 커서 그러한 일은 발생할 수 없을 겁니다. 그러니 감사의 마음을 품은 친구의 손에서 희망과 신뢰로 이 선물을 받아주시기 바랍니다.'

"그리고 의사가 바랐던 것처럼, 희망과 신뢰로 두 부부는 그의 선물을 받았어요. 상자가 복도로 옮겨져 뚜껑이 열리자 먼저 솜씨 좋게 청동으로 만든 거울 받침대가 나타났죠. 그러고 나서 사람들이 거울을 꺼냈어요. 이상한 푸르스름한 빛을 내는 길고 좁은 거울이었어요. 거울에 눈길을 던진 백작 부인이 남편에게 말했죠. '저 안에 비치는 세계가 마치 부드러운 달빛 속에 있는 것 같지 않아요, 여보?' 거울 틀은 표면을 연마한 철이었는데, 그 연마된 수천의 단면에서 부딪치고 부서지는 광선들이 마치 찬란한 불 속에서처럼 반짝거렸어요.

"이 아름나운 삭품은 곧 부부의 침실에 놓이게 되었죠. 그리고 매일 아침, 몸종이 백작 부인의 금발 머리를 빗질하거나 아니면 비단결 같은 땋은 머리를 틀어 올릴 때, 선량한 백작 부인은 손을 깍지 끼고 키프리아누스의 거울 앞에 앉아 생각에 잠긴 채, 그리고 희망에 가득 차서 자신의 사랑스러운 얼굴을 바라보고 있었어요. 아침 햇살이 거울 틀의 연마된 면을 비추면 아름다운 백작 부인의 모습은 마치 수많은 반짝이는 별들로 된 둥근 화환 속에 들어 있는 것 같았지요. 가끔 백작님이 들과 숲을 지나 첫 번째 산책을 마치고 난 뒤 침실로 다시 들어올 때면, 그분은 말없이 부인의 의자 뒤에 기대 있곤 했어요. 부인은 거울 속의 백작님을 바라볼 때마다, 매번 백작님의 눈이 덜 우울해 보인다고 생각했지요.

"시간이 꽤 많이 흘렀어요. 그러던 어느 아침 시녀들은 벌써 다 밖으로 나가 혼자 남아 계실 때, 부인은 지나가다 문득 거울에 눈길을 주고 싶었어요. 거울에 김이 서린 것 같아서 얼굴을 뚜렷이 볼 수가 없었지요. 그분은 손수건을 꺼내서 그걸 닦아 내리려고 했어요. 하지만 아무 소용이 없었죠. 그러자 이제 그게 거울 표면이 아니라 거울 내면에 서린 것이라는 것을 알게 되었어요. 거울에 더 가까이 갔죠. 그래서 얼굴이 또렷이 비쳤어요. 하지만 뒤로 물러서자, 장밋빛 아지랑이 같은 것이 백작 부인과 거울에 비친 그분의 모습 사이에서 어른거렸어요. — 부인은 생각에 잠겨 손수건을 집어넣고 온종

일 말없이 은근한 예감에 사로잡혀 집 안을 돌아다녔죠. 그래서 복도에서 부인과 마주친 백작님은 이렇게 말을 했어요. '부인, 왜 그렇게 기쁨에 넘친 미소를 짓고 있소?' — 부인은 여전히 말을 안 하고, 그저 백작님의 목에 팔을 두르고 입을 맞추기만 했죠.

"하지만 날마다, 백작님과 시녀가 방을 떠나면, 백작 부인께서는 선량한 의사가 만든 거울 앞에 조용히 서 있었어요. 그리고 매일 아침 장밋빛 구름이 거울 뒤편에서 점점 더 선명하게 일렁이는 것을 보았어요.

"그렇게 오월이 되었지요. 밖의 작은 정원에서 제비꽃 향기가 열린 창문으로 넘어 들어왔어요. 그리고 어느 아침 선량한 백작 부인은 다시 거울 앞에 섰어요. 거울을 들여다보자마자 '아!' 하는 탄성이 입에서 터져 나오고, 두 손은 가슴에 얹어졌죠. 거울 속으로 밝게 비치는 봄날 햇살 속에서 분홍 구름 속에서 내비치는 잠든 아이의 얼굴을 또렷이 보았던 거예요. 부인은 숨을 멈추고 서 있었어요. 그 광경은 보고 또 봐도 질리지 않았어요.

"그때 밖의 다리 앞에서 울리는 뿔피리 소리를 듣고 부인은 정신을 차렸어요. 백작님이 사냥에서 돌아오시는 소리가 틀림없었죠. 뒤를 따르는 개와 함께 백작님이 침실로 들어올 때까지 부인은 눈을 감고 기다리고 있었어요. 그러고는 두 팔로 백작님을 감싸 안고는 거울을 가리키며 조용히 말했지요. '이 집의 장자가 당신에게 인사하고 있어요!' ― 이제 그 선한 백작님도 분홍 구름 속에 있는 작은 얼굴을 알아봤어요. 하지만 갑자기 그분의 눈에서 즐거운 빛이 사라졌어요. 그리고 부인은 백작님이 창백해지는 모습을 거울을 통해 보았죠. '아이가 안 보이세요?'라고 속삭였어요.

"'물론 아이가 보여요, 부인.' 백작님이 대답했어요. '하지만 아기가 울고 있으니 놀라는 것이오.'

"부인은 남편에게 몸을 돌리고는 머리를 흔들었어요. '바보 같은 분, 아기가 자고 있어요. 꿈을 꾸면서 미소 짓고 있어요.'라고 말했죠.

"두 분은 그랬어요. 백작님은 걱정하며 갔죠. 하지만 부인은 즐거운 마음으로 여집사와 함께 장차 이 집의 장자를 위해 솜털쿠션이 놓인 요람과 작고 부드러운 옷들을 준비했죠. 가끔 거울 앞에 서 있을 때면, 부인은 마치 꿈결 같은 그리움에 사로잡혀 작은 장밋빛 구름 쪽으로 손을 뻗었죠. 하지만 손가락이 차가운 거울표면에 닿게 되면 다시 팔을 늘어뜨리고, 키프리아누스의 말을 생각했어요. '모든 것은 때가 있는 법.'

"그리고 그 시간이 왔죠. 거울 속의 작은 구름이 사라졌어요. 그 대신 발그스레한 사내아이가 부인 침대의 흰 이불 위에 누워있게 되었죠. 그것은 성뿐만 아니라 마을에까지 기쁨을 주었어요. 그리고 선량한 백작님은 아침에 말을 타고 기쁨에 가득 차 경작지를 달리며, 히힝 거리는 황갈색 말에 몸을 맡기고는 햇살에 대고 환호하면서 소리치셨어요. '내게 아들이 태어났다!'

"백작 부인께서 여섯 주간의 몸조리 뒤에 교회에 다니시기 시작한 이후, 사람들은 다시 따뜻한 여름날 그분이 마을 소작농의 집들에 다니시는 것을 보게 되었어요. 이제 그분은 더는 마음에 고통을 느끼지 않고 농부의 아이들을 보시게 되었죠. 그분은 가끔은 오랫동안 서서, 아이들에게 몸을 숙이고, 그 애들이 장난치게 나둬 보기도 했어요. 그리고 정말 튼튼하게 생긴 사내아이를 보게 되면, 이렇게도 생각했죠. '내 아이가 이 아이보다 더 튼튼해!'

"하지만 키프리아누스가 편지에 쓴 것처럼, 마지막은 하느님의 불가해한 손길에 놓여 있는 거죠. — 가을이 되자 못된 열병이 마을을 휩쓸었어요. 사람들이 죽어갔죠. 그리고 그들은 죽기 전에 극심한 고통을 겪고 간절히 도움을 구하며 침상에 누워있었어요. 선량한 백작 부인께서는 그들이 기다리고 있게 내버려두지 않으셨지요. 노 의사의 약상자를 들고 오두

막들을 찾아다니셨어요. 병자의 침상에 앉아 계셨고, 죽음에 가까워지면 자신의 손수건으로 그들의 이마에서 마지막 땀방울을 닦아 주셨죠. 하지만 어린 쿠노 도련님이 육 개월이 되었을 무렵, 그분은 많은 사람을 죽음으로부터 구해내셨지만, 결국 죽음이 그분과 함께 성으로 올라오고 말았지요. 핼쑥한 뺨이 열로 인해 마치 두 송이 장미처럼 타오른 뒤에 죽음은 부인을 창백하고 차디차게 침상에 늘어지게 하였죠. 그때 모든 기쁨은 꺼지고 말았어요. 백작님은 머리를 숙인 채 말을 타고 경작지로 나가, 당신의 준마가 마음대로 가게 내버려두셨어요. '내 가여운 아들이 왜 태어나기도 전에 울어야만 했는지 이제야 알겠구나.' 하고는 계속 혼잣말을 하셨어요. '어머니의 사랑은 세상에서 단 하나뿐이기 때문이야.'

"훌륭하게 만들어진 거울은 쓸쓸하게 침실에 서 있었죠. 아침 햇살이 거울 테두리의 철로 된 화관에 그 빛을 비췄지만, 선량한 백작 부인의 모습은 이제 더는 거울 안에 들어 있지 않았어요. 어느 날 아침 백작님은 늙은 관리인에게 말했어요. '거울을 치워버리게! 저 번쩍거리는 게 눈을 아프게 하네!' — 관리인은 당시 모든 종류의 옛날 무기들을 보관하는 데 쓰였던 위층의 멀리 떨어진 방에 그 거울을 치워놓았어요. 그리고 거울을 그곳까지 올려갔던 하인들이 사라지자, 늙은 관리인은 선량한 백작 부인의 무덤에서 관을 덮었던 검은 천을 가져와 키프리아누스의 예술작품인 거울 위에 덮어씌웠어요. 앞으로 어떤 빛도 거울에 닿지 못하도록 말이죠.

"백작님은 아직 젊었어요. 그래서 이 땅에 몇 년이 지나가고, 튼튼한 소년이 성의 넓은 복도를 시끄럽게 뛰어다니기 시작하자, 백작님은 이렇게 생각했죠. '아들에게 어울리는 고상한 예절로 아이를 키울 수 있는 새엄마를 구해줄 때가 된 것 같다.' 그리고 계속 생각을 했죠. '황제의 궁전에는 많은 귀부인이 있어. 적당한 여인을 발견하지 못한다면 안 되지.' 그리고 또 다른 목소리가 그분의 귀에 울렸어요. 그 목소리는 이렇게 말했어요. '아이를 위해서는 어머니를, 너를 위해서는 아내를. 여인의 사랑은 달콤한 음료수이니까!'라고요.

"그래서 다시 오월이 오자 여행장비가 준비되었고, 백작님은 시종과 함께 수많은 하인에 둘러싸여 대도시 빈으로 향했죠.

"모두는 오랫동안 그곳에 머물러 있었어요. 늙은 관리인은 천장이 높고 텅 빈 방들을 이리저리 돌아다니며 창문들을 활짝 열어놓았죠. 전에는 선량한 백작 부인이 쓰시던 가구들이 밀폐된 공기 속에서 망가지지 않도록 말이에요. 하지만 화창한 가을날이 벌써 들판 위에 어릴 무렵, 값비싼 양탄자, 금박

이 박힌 벽걸이 가죽 양탄자와 유행하는 온갖 물건이 들어 있는 상자들이 차례차례 도착했어요. 하인들은 전에 그런 것들은 본 적이 없었죠. 관리인은 일 층의 큰방을 새로운 안주인을 위해 준비하라는 명령을 받았어요."

이야기하던 노파는 잠시 멈추었다. 어린 환자가 잠결에 이불을 밀쳐냈기 때문이었다. 아이에게 다시 조심스레 이불을 덮어주고 아이가 계속 잠을 자자, 그녀는 다시 이야기를 시작했다.

"마님, 마님은 이 새로운 안주인을 벌써 알고 계세요. 기사의 방 위쪽 굴뚝 옆에 걸려있는 실물 크기의 여자초상화가 그분과 닮은 초상화일 거예요. 그 여인은 남자들한테 특히 나이 든 남자한테는 아주 위험한, 금빛 붉은 머리를 가진 한 마리 작은 여우죠. 저는 종종 위쪽에 걸린 그 그림의 여자를 쳐다보곤 해요. 경쾌하게 머리를 뒤로 젖히고, 그 입은 달콤하고 은밀하게 미소 짓고 있죠. 그리고 뒷머리에서 끌어내려 양옆 가슴으로 늘어뜨린 황금빛 곱슬머리는 흰 목덜미 위로 나풀거리죠. 그 사람은 아마 선량한 백작님의 성품이 저항할 수 없는 냉정한 사람이었을 거예요. ─ 그 사람이 젊은 미망인이었다는 것도 말씀드려야겠군요. 첫 번째 결혼에서 낳은 어린 딸은 빈에 있는 죽은 전남편의 친척 집에 두고 왔다더군요. 그

딸이 여기 이 성에는 절대 온 적이 없었다는 것은 분명해요.

"어쨌든! 드디어 마차들이 성 안마당에 덜거덕거리며 도착했어요. 모여 있던 하인들은 백작님과 이상한 말투의 몸종이 백작 부인이 마차에서 내리는 것을 도와주는 모습을 놀라 바라보았어요. 아몬드 빛깔의 비단옷을 입은 부인이 가볍게 고개를 끄덕이며 계단을 오를 때, 그분의 예민한 귀는 새로운 안주인의 미모에 감탄해 낮게 웅성거리는 말들을 들었죠.

"그리고 그 귀부인이 문 뒤로 사라졌을 때야 비로소 뒤따라오던 하인들의 마차에서 어린 쿠노가 기어 내려왔죠. '어머, 도련님' 하고 붉은 볼의 하녀가 그에게 말을 했어요. '이제 새어머니가 생겼어요!' 하지만 소년은 이마를 찡그리며 고집스럽게 말했어요. '그 사람은 우리 어머니가 아니야!' 주인을 마중갔다 돌아온 늙은 관리인은 하녀에게 우울하게 말했어요. '넌 저분이 선한 백작 부인의 아드님이라는 것을 모르느냐!' 그러고는 소년의 부드러운 푸른 눈을 바라보면서, 소년을 팔로 안아 올려 그의 아버지의 집 안으로 데려갔지요.

"그때부터 집 안은 낯선 여인에 의해 다스려지기 시작했어요. 하인들은 안주인의 상냥함을 칭찬했고, 마을의 가난한 사람들은 곧 그분이 돌아가신 백작 부인보다 더 너그러운 손길을 가졌다고 말했죠. 단지 그분은 아이들은 전혀 돌아보지 않았다고 해요. 그리고 사람들은 그분 앞에서는 전에 선한 백작 부인에게 했던 것처럼 자신의 궁핍함에 대해 한탄할 수 없었대요. — 성에 살던 대부분 사람이 새로운 안주인의 아름다움에 반해있었지만, 관리인만은 차가운 눈길로 그분을 바라보았죠. 안주인이 평일 날에도, 그가 말하듯, '마치 이사벨처럼 꾸미고' 유유히 돌아다니는 것이 그의 마음에 들지 않았지요. 관리인은 백작 부인이 자신이나 백작님 앞에서 가끔 어린 쿠노에게 쏟아 붓는 애정표현도 믿지 않았어요. 그리고 그 애정표현으로 소년의 마음을 사로잡지도 못했어요. 소년은 입을 꾹 다물고 백작 부인을 노려보는 것 외에는 아무것도 하지 않았죠. 부인의 팔과 눈이 소년을 풀어놓으면 아이는 밖으로 뛰어나가서, 자신의 작은 석궁을 들고 관리인이 자기를 위해 깎아준 나무로 된 새를 쏘았지요. 아니면 저녁에 늙은 친구인 관리인의 방에 앉아서 정통 사냥의 기쁨에 대해 쓴 커다란 책 속에서 그림을 찾아보았죠. — 하지만 선한 백작님은 부인의 아름다움 외에는 아무것도 보지 못했어요. 그분이 방으로 들어가 부인에게 다가서면, 부인은 그분이 자신을 안을 때까지 미소를 지으며 서 있었어요. 즉 부인은 아름다운 목덜미를 문 쪽으로 돌리고 있으면서 허리띠의 황금 사슬에 매달린 손거울을 비단 치마의 주름에서 꺼내 들고 거울을 통해 자신을 향해 오는 백작님에게 고개를 끄덕여 인사를 하는 거였죠.

"그런데 다시 봄이 오자 소년이 숲의 젖은 이끼 위에서 놀다가 열병에 걸렸어요. 그리고 병중의 불안한 잠에 빠져 침대에 누워 있었어요. 침대 옆에서는 돌아가신 선한 백작 부인의 의자가 놓여 있었어요. 예전에 봄바람을 타고 제비꽃 향기가 열린 창문을 통해 선한 백작 부인을 향해 밀려들어 올 때면, 그분께서는 자주 키프리아누스의 거울을 앞에 두고 조각된 팔걸이와 푸른 벨벳 쿠션으로 된 그 의자에 앉아 계시곤 했죠. 이제 밖에는 다시 제비꽃이 피었지만, 그 의자는 비어 있었어요. 아름다운 새어머니도 그 방에 있었는데, 작은 침대 발치 백작님 옆에 앉아 있었죠. 아버지가 아이를 얼마나 걱정하는지 부인도 잘 알고 있기 때문이었어요. 그때 소년이 열에 들떠 소리쳤지요. '엄마, 엄마!' 그렇게 부르며 눈을 뜨며 베개에서 몸을 일으켰어요. '여보, 들으셨죠!'라고 아름다운 부인이 말했죠. '우리 아들이 나를 부르고 있어요!' 하지만 그분이 일어서서 아이에게 몸을 구부리자, 아이는 그녀를 지나쳐 선한 백작 부인의 빈 의자를 팔을 향해 뻗었어요.

"백작님은 안색이 창백해졌죠. 그리고 갑작스러운 주억의 고통에 사로잡혀 아들의 침대 옆에 무릎을 꿇고 말았지요. 도

도한 부인은 뒤로 물러서서는 허리춤에서 몰래 두 주먹을 불끈 쥐고, 방을 나가 두 번 다시 들어오지 않았어요. 소년은 그녀가 돌보지 않았어도 건강해졌죠.

"그리고 곧 밖에 장미꽃 봉오리가 필 때 백작 부인은 아들을 얻었어요. 하지만 백작님은 어린 쿠노가 이 소식을 갖고 자신을 향해 뛰어올 때, 왜 그렇게 마음이 무거운지 알 수가 없었어요. 이번에도 백작님은 마구간에서 말을 가져오게 했어요. 황야로 말을 달리며 생각을 정리하려고요. 황야 주변을 달리며 들판과 호수를 향해 환호성을 지르기 위한 것은 아니었어요. 그리고 백작님이 안장에 앉았을 때, 늙은 관리인은 어린 쿠노를 안장을 향해 들어 올리고는 말했어요. '선한 백작 부인님의 아들을 잊지 마시기 바랍니다!'라고요. 아버지는 아이를 안고는 아이와 함께 산 위로 그리고 산 아래로 말을 달렸어요. 해가 질 때까지. 집에 돌아오는 길에 백작가문의 지하 무덤이 있는 교회의 창문 아래로 말을 타고 지나갈 때, 백작님은 말을 조금 천천히 몰았어요. 그리고 아이의 귀에 대고 속삭였죠. '어머니를 잊지 마라. 어머니의 사랑은 세상에서 단 하나뿐이기 때문이란다!' — 그리고 백작님이 산모가 있는 방으로 들어서고 산모가 갓 태어난 아이를 그분의 팔에 안겨주었을 때, 또다시 돌아가신 분에 대해 그리움이 백작님을 사로잡았지요. 그분은 갑자기 깨달았어요. 돌아가신 분만이 그분의 마음의 여인이었던 것을 말이죠. 그리고 새로 태어난 사내아이는 비록 백작님의 혈육이기는 했지만 마치 남인 것 같았어요. 왜냐하면, 돌아가신 분의 피를 받은 게 아니기 때문이었죠. — 몸조리 후 곧 이전보다 더 아름다워진 부인의 눈은 이제 백작님께 아무런 매력도 주지 못했지요. 그분은 쓸쓸하게 들판으로 말을 달렸죠. 키프리아누스 선생의 말씀이 마치 신비로운 활자로 쓰인 듯 그분의 눈앞에 떠올랐지요. '과거에 묻혀 사는 것은 신의 도움으로도 허락되지 않았느니!'

"그 사이 두 소년은 함께 자랐고, 곧 그들 사이에는 커다란 애정이 싹텄어요. 어린 볼프가 밖에서 놀 나이가 되자마자, 쿠노는 소년들이 하는 모든 종류의 놀이에 있어서 그의 스승이 되었죠. 쿠노는 볼프가 바위 위나 나무 위를 기어오르게 했고, 볼프의 작은 석궁에 화살을 만들어 주고, 그와 함께 과녁을 쏘거나 그들 머리 위 햇살 속에서 사냥감을 정찰하는, 화살이 닿지도 않는 곳을 날고 있는 맹금류를 쏘기도 했어요.

"어느 날 저녁 황제의 육군 대령복을 입은 한 남자가 하인과 함께 성의 안마당으로 말을 타고 들어온 것은 벌써 겨울이 다가왔을 때였어요. — 그는 하거라는 사람이었어요. 각이 진 이마, 작고 잔인한 눈매에 마르고 뼈가 불뚝불뚝 솟은 남자였다고 해요. 사람들이 말하기를, 그의 지푸라기와 같이 누런 빛깔의 부스스한 수염은 마치 햇살처럼 턱과 콧방울에서 수평으로 뻗어있었다지요. 그는 자신이 현 백작 부인의 첫 남편의 사촌이라고 했어요. 그리고 그저 방문하러 왔다고 했죠. 하지만 그는 한 주 그리고 또 한 주 머물더니 점차 상주하는 손님으로 인정되었어요. — 백작님은 처음에는 방문객을 전혀 신경 쓰지 않았어요. 그런데 대령은 곧 귀족들이 하는 정식 사냥의 대가임을 증명했죠. 그리고 첫눈이 내리자 남자들은 함께 전나무가 울창한 곳으로 갔어요. 그리고 그때부터 사람들은 거의 매일 멧돼지를 쫓는 사냥개들이 미친 듯 짖어대는 소리와 사냥꾼들이 '호 리도' 하며 개를 몰아대는 소리가 조용한 숲을 울리는 것을 들었죠. 그러던 어느 오후 멧돼지 사냥 중 멀리 떨어진 계곡 아래에서 대령의 도와달라는 뿔 나팔 소리가 들렸어요. 뒤따르는 사람 없이 단지 백작님과 함께 그곳으로 갔던 대령은 길을 잃었던 거예요. 그리고 사냥개를 부리는 사람과 사냥꾼들이 나팔 소리를 듣고 그곳에 모였을 때, 그들은 멧돼지가 전나무 사이에 죽어있는 것을 보았어요. 하지만 그 곁에는 백작님도 피를 흘리며 누워있었어요. 대령은 자신의 사냥용 창에 기대어 서 있었고요. 손에는 뿔 나팔이 들려있었죠. '자네들의 멧돼지 사냥용 창은 쓸모가 없군!' 그가 단호하게 말했어요. '저 멧돼지 수놈이 그걸 부러뜨려 버렸네.' 그리고 모두가 놀라움에 못에 박힌 듯 그곳에 서 있자, 그는 그 작고 잔인한 눈을 깜박거리며 사람들을 쳐다보았어요. '왜 그렇게 서 있는 건가? 나뭇가지를 꺾어 들것을 만들고, 자네들의 주인을 성으로 모셔!' 그가 명령한 대로 사람들은 행했지요.

"하지만 백작님은 다시는 대령과 함께 사냥을 나가지 못하셨어요. 늙은 관리인은 백작님의 상처를 진찰하게 하려고 마구간 시종을 의사에게 보내려 했죠. 하지만 그때 그는 전갈을 받았어요. 의사는 아무짝에도 소용없고, 백작님은 이미 세상을 떠나셨다는 거였어요.

"곧 백작님은 지하봉안당에 자신의 선한 부인 곁에 눕혀졌죠. 어린 쿠노는 아버지도 어머니도 없는 아이가 되었죠. 하지만 대령은 전처럼 성에 남아 있었어요. 눈에 띄지 않게 집안의 관리가 하나씩 하나씩 그의 손아귀에 들어가는 것을 백작 부인은 내버려두었어요. 하지만 집안의 식솔들은 그가 날카로운 목소리로 그들에게 호통치면 투덜댔어요. 그렇다고 그 잔인한 남자에게 대항할 용기는 없었죠. 그리고 대령은 어린 두 아이에게도 뭔가 해주는 척했어요. 어느 날 아침 쿠노가 마구간으로 내려왔을 때, 대령의 새까만 말 옆에는 붉은색에 금으로 수놓은 안장 덮개를 한 작고 검은 북유럽산 준마가 서 있었어요. 함께 들어온 대령이 '이건 네 말이다'라고 말했죠. '올라가 봐라. 남자가 말에 어떻게 앉아 있어야만 하는지 보여 주마'라고 했어요. 곧 그는 어린 볼프도 준마를 갖게해 주었고, 이제 두 소년에게 승마술의 규칙에 따라 말 타는법을 가르쳤어요. 오래 걸리지 않았어요. 사람들은 키가 큰 검은 말을 탄 비쩍 마른 대령이 작은 북유럽산 준마에 앉아 있는 두 소년을 양옆에 두고 들판을 달리는 것을 보게 되었죠. 하지만 그러면서 그가 아이들과 나눈 이야기들은 아주 이상한 것이었어요. 보통 아이들이 그렇듯 두 소년이 말다툼을 벌이게 되면 그는 자신의 키 큰 말 위에서 몸을 구부려, 형인 아이에게 속삭였죠. '너는 성 주인이야. 너는 저 녀석을 성에서 내쫓을 수 있어.' 그러고 나서 곧 다른 쪽에 있는 동생에게 말했죠. '저 애가 네게 보여주겠단다. 네가 자기 영토에서 말을 타고 있다는 걸!' 그런데 그런 말은 두 소년 스스로 곧바로 싸우게 할 뿐이었죠. 아이들은 말에서 뛰어내려서 울면서 서로 드잡이를 하기까지 했죠.

"대령은 날카롭게 관찰했어요. 그리고 알아차렸을 거예요. 전처의 자식이 자기 아들과 함께 밖으로 나가는 것을 바라보는 백작 부인의 눈이 어떻게 갑작스러운 우울함에 빠지는지,

그리고 밖으로 나가는 그 아이의 등 뒤에 쏟아 붓는 그녀의 눈길이 얼마나 격하고 적의에 차 있는 지를요.

"어느 햇살이 비치는 오후에 대령은 백작 부인과 함께 약초밭에 있었어요. 그곳은 언젠가 선한 백작 부인이 키프리아누스 선생님의 현명한 이야기를 듣고 있던 곳이지요. 거만한 부인이 울타리 너머 저 아래쪽에 놓여있는 숲들과 저지대의 초지를 바라보고 있을 때, 대령은 은밀하게 말했어요. '쿠노가 성년이 되면 아주 훌륭하게 주인 노릇을 시작할 겁니다.' 백작 부인이 묵묵히 그저 우울한 눈으로 먼 곳을 보고 있자, 그는 계속 말을 했죠. '부인의 아들 볼프는 연약한 어린나무지만, 쿠노는 통치하기 위해 태어난 아이 같죠. 장수하고 힘이 셀 것처럼 보입니다.'

"이때 약초밭 저 아래쪽에 놓여 있는 초원 위에 두 소년이 말을 몰아 달려오고 있었어요. 쿠노의 밤색 곱슬머리와 어린 볼프의 금발 머리가 한데 엉켜 날릴 정도로 둘은 그렇게 바싹 붙어 말을 달렸어요. 볼프의 말이 갈기를 흔들며 햇살 속으로 크게 히힝 거리는 소리를 냈죠. 그래서 볼프의 어머니는 깜짝 놀라 비명을 외쳤어요. 하지만 쿠노는 동생에게 팔을 돌려 감았어요. 그들이 말을 빨리 몰아갈 때, 쿠노는 위에 서 있는 사람들에게 당당하고 빛나는 눈길을 던졌죠.

"아름다운 백작 부인님, 저 눈을 어떻게 생각하십니까?'
대령이 물었어요.

"부인은 놀라 멈칫거리면서 불안한 눈길을 그에게 던졌어
요. 그러고 나서는 '그게 무슨 소리예요?'라고 속삭였죠.

"하지만 그는 턱에 손을 대고 또 대답했어요. '저를 믿으십
시오, 아름다운 부인. 하거 대령은 부인의 충실한 하인입니다.'

"그러자 백작 부인이 속삭였어요. '저 눈은 내 마음에 더
들 거예요. 만일 저 눈이 감겨있다면 말이에요.' 대령은 부인
의 낯빛이 얼마나 창백해졌는지 보았죠.

"'그럼 그런 아름다움을 가진 그 눈을 보시게 된다면, 부인
께서는 그것 대신에 제게 무엇을 주실 겁니까?'

"백작 부인은 잠시 그분의 흰 손을 대령의 손에 올려놓았
어요. 그리고 빛나는 곱슬머리를 뒤로 넘기고는 뒤도 돌아보
지 않고 약초밭을 떠났죠.

"한 시간 뒤에 어린 쿠노가 위층의 복도를 서성거릴 때, 대
령이 어둠 속에 서 있는 것을 보았어요. 소년은 그냥 지나가
려고 했어요. 그 남자가 정말 으스스하게 뚫어지게 쳐다보았
기 때문이에요. 하지만 그 남자가 소년을 불렀어요. '어딜 그
렇게 가니, 얘야?'

"'옛날 무기창고에요. 제 석궁을 가지러 가요.' 쿠노가 대

답했어요.

"'그럼 같이 가자.' 대령은 소년과 함께 멀리 떨어진 방까지 함께 갔어요. 그곳에는 두꺼운 관 덮개로 덮인 키프리아누스의 거울이 아직도 여러 종류의 무기들 틈에 서 있었지요. 두 사람이 방에 들어서자, 대령은 쇠 빗장을 지르고 문에 등을 대고 섰어요. 소년은 그 남자의 거친 눈을 보자 소리쳤어요. '하거, 하거, 날 죽이려는 거지!'

"'나쁘게 생각할 필요는 없어.' 대령은 말하면서 아이를 잡으려고 했어요. 하지만 소년은 그의 손아귀에서 빠져 달아나 그가 전날 걸어두었던 자신의 장전된 석궁을 벽에서 떼어냈어요. 소년은 활을 쐈어요. 마님은 그 화살이 남긴 자국을 지금도 검은 벽판에서 발견하실 수 있어요. 하지만 대령을 맞추지는 못했어요.

"그래서 소년은 무릎을 꿇고 외쳤죠. '나를 살려줘요. 내 작은 말을 줄게요. 그리고 예쁜 안장 덮개도!'

"그 사악한 남자는 팔짱을 끼고 소년 앞에 서 있었지요. '네 말은 이미 내겐 너무 느리지.'

"'하거, 날 살려줘!' 소년이 다시 외쳤어요. '내가 크면 네게 내 성을 줄게. 그리고 성에 딸린 아름다운 모든 숲도 줄게!'

"'난 그걸 좀 더 빨리 갖고 싶어.' 대령이 말했어요.

"그러자 소년은 머리를 숙이고 말했어요. '그럼 난 하느님의 자비에 몸을 맡겨야겠군!'

"'그게 제대로 된 소리야!' 그 못된 남자는 이렇게 말했어요. 하지만 소년은 갑자기 벌떡 일어나서 방의 벽을 따라 도망쳤어요. 대령은 사냥감을 쫓듯 그를 쫓아갔지요. 그리고 그들이 천이 덮인 거울 앞에 왔을 때, 소년은 발이 거울에 씌어놓은 관 덮개에 엉켜 버려 갑자기 바닥으로 넘어졌어요. 그때 그 사악한 남자도 그 아이를 덮쳤죠. ─

"전해지는 말로는 바로 이 순간, 이 남자가 주먹으로 일격을 가하고, 소년이 방어하려고 그 작은 손을 가슴에 엇갈려 놓았던 그때, 늙은 관리인은 성의 깊은 곳, 지하실의 가장 뒤쪽에 있는 창고에 있었다고 해요. 그곳에서 머슴 하나가 잉겔하임 적포도주 통의 마개를 뽑아 술을 따르고 있었대요. '카스파르, 아무것도 못 들었느냐?' 관리인이 외치며 손에 들고 있던 작은 등불을 술통에 놓았어요.

"머슴은 고개를 저었어요.

"'난 말이지, 나는 쿠노 도련님이 내 이름을 부르는 것을 들은 것 같아.' 노인이 말했어요.

"'잘못 들으신 거예요, 영감님.' 머슴이 대답했어요. '여기 지하실에서는 아무것도 못 들어요.'

"그렇게 잠시 주저하고 있었죠. 그러자 노인이 다시 외쳤어요. '세상에, 카스파, 나를 또 한 번 불렀어. 저건 우리 도련님이 도와달라고 외치는 소리야!'

"머슴은 자기 일을 계속했어요. '전 적포도주가 통에서 흘러나오는 소리만 들리는데요.'라고 말했죠.

"하지만 노인은 진정할 수가 없었어요. 노인은 성으로 올라갔죠. 그는 문에서 문으로, 처음에는 일 층을 그다음에는 위쪽 제일 높은 곳까지 갔어요. 그가 멀리 떨어진 무기창고의 문을 열었을 때, 키프리아누스의 거울이 저녁 햇살을 받고 그를 향해 번쩍이고 있었어요. '어떤 못된 인간이 수건을 벗겨 놓은 거야?' 노인은 투덜거렸어요. 그가 바닥에서 관 덮개를 집어 올렸을 때, 그는 바닥에서 소년 시신을 보았지요. 그리고 짙은 색의 곱슬머리가 감은 눈꺼풀 위에 덮여 있는 걸 보았어요.

"노인은 털썩 무릎을 꿇고 비통해하며 소년에게로 몸을 던졌어요. 그는 옷을 풀어헤쳐 그 사랑하는 소년의 몸에서 사망의 원인을 찾았지요. 하지만 발견하지 못했어요. 단지 가슴 쪽에 검붉은 멍을 발견했을 뿐이에요. 그는 오랫동안 슬픔과 생각에 잠겨 무릎을 꿇은 채 앉아 있었어요. 그러고는 관 덮개로 소년을 감싸 팔에 안고 일 층에 있는 백작 부인의 방으로 데려갔지요. 그가 방에 들어서자, 그는 그 당당한 부인이 하얗게 질려 몸을 떨며 대령 앞에 서 있는 것을 보았어요. 대령은 반강제로 부인의 손을 움켜잡고 있었어요.

"노인은 소년의 시신을 두 사람 사이의 바닥에 놓았지요. 그리고 그들을 노려보면서 말했어요. '장자인 쿠노 백작이 돌아가셨습니다. 백작 부인님, 부인의 어린 아들이 이제 이 성의 상속자이십니다.'

"어린 영주를 묻은 지 한 달가량이 지난 뒤였어요. 어느 오후 백작 부인은 작은 발코니의 난간에 기대서 있었어요. 이 발코니는 계곡 위쪽에 떠 있는 것처럼 그분의 방에 나 있는 것으로, 밖으로 나갈 수 있게 만들어진 것이지요. 어린 볼프는 그분의 곁에 서서 위로 솟구쳐 자란 소나무와 참나무의 우듬지에 앉아 큰 소리로 울부짖으며 난리를 치고 있는 새떼들을 보고 있었어요.

"'좀 봐!' 백작 부인이 말했어요. '새들이 올빼미한테 욕을 하는 거야. 저기 참나무 가지 구멍에 올빼미가 앉아 있어.' 그러면서 부인은 손가락으로 앞쪽을 가리켰죠.

"소년의 눈이 성급하게 손가락을 쫓아갔어요. '벌써 봤어요, 어머니. 저건 죽음의 새에요. 불쌍한 쿠노가 죽었을 때, 저

놈이 내 창문 앞에서 울었어요.'

"'네 석궁을 방에서 가져와라!' 어머니가 말했죠.

"소년은 방에서 뛰어나가, 계단을 내려가 마구간으로 갔어요. 거기 자신의 작은 말 옆에 석궁이 걸려 있었죠. 하지만 활줄이 끊어져 있었어요. 소년은 오랫동안 활을 사용하지 않았어요. 그에게 화살을 깎아주고, 나무로 된 새를 장대 끝에 매달아 줄 쿠노가 이제는 없기 때문이었어요. ― 그래서 그는 성으로 다시 뛰어 왔어요. 형이 석궁을 저 위쪽에 있는 무기 창고에 걸어두곤 했던 것이 생각났어요. 성안의 외진 장소에 도착해서 무거운 참나무 문을 힘들여 밀고 들어서자, 키프리아누스의 거울이 그를 향해 푸른빛을 내쏘았어요. 거울 틀의 쇠로 된 깎은 단면들이 저녁 햇살의 마지막 빛 속에서 번쩍이고 있었어요. 소년은 거울을 본 적이 없었지요. 언젠가 형과 함께 여기에 온 적은 있었지만, 거울은 항상 묵직한 관 덮개로 덮여 있었으니까요. 이제 소년은 거울 앞에 서서 놀라워하며 이 번쩍거리는 속에 있는 자신의 모습을 바라보고 있었어요. 석궁은 까맣게 잊은 듯했어요. ― 그 사이 소년의 모습 말고 뭔가 그의 정신을 빼앗는 것이 이 거울 안에 있는 것 같았어요. 소년은 무릎을 꿇고 앉아 더 자세히 보려고 이마를 거울에 대었기 때문이지요.

"그러나 소년은 갑자기 두 손으로 가슴을 움켜잡았어요. 그러고는 고통의 비명을 외치며 위로 뛰어올랐어요. '도와줘요!' 소년이 외쳤죠. '도와줘요!' 그리고 한 번 더 다급한 비명을 질렀어요. '도와줘요!' 이 소리를 아래쪽 발코니에 있던 어머니가 들었어요. 엄청난 걱정에 사로잡혀 부인은 복도에서 복도로, 문에서 문으로 헤매고 다녔어요. '볼프, 어디 있니, 볼프?' 어머니가 외쳤어요. '대답해!' 그리고 드디어 제대로 방을 찾아 문 안으로 들어섰죠. 거기에 그분의 아들은 방바닥에 죽음의 경련으로 몸을 비틀며 누워있었어요.

"그분은 아들에게로 몸을 던졌죠. '볼프, 볼프! 무슨 일이냐?'라고 외쳤어요.

"소년은 창백해진 입술을 달싹였어요. '내 가슴을 한 방 때렸어요.' 소년이 더듬더듬 말했어요.

"'누가, 누가 그랬단 말이냐?' 어머니가 속삭였어요. '볼프, 한마디만 더 해라. 누가 그랬니?'

"소년은 손가락을 들어 거울을 가리켰어요. — 그래서 죽어 가는 아이를 가슴에 안은 채, 그분은 키프리아누스의 거울로 몸을 구부렸지요. 그런데 거울을 보는 동안 그분 얼굴에 놀라움이 서렸고, 담청색 눈은 다이아몬드처럼 굳어졌어요. 흐릿한 창문을 통해 들어오는 저녁 햇살 속에서 거울의 가장 깊은 곳 마치 둘둘 말린 안개 같은 곳에서 한 아이의 형상을 봤기 때문이에요. 슬픈 듯 아이는 바닥에 웅크리고 앉아서 잠이 든 것처럼 보였어요. 부인은 머뭇거리며 등 뒤쪽으로 방을 살펴보았어요. 하지만 거기에는 구석마다 어둠만이 깔렸었죠. 마치 거울 속의 아이가 백작 부인을 사로잡은 듯, 부인은 다시 긴장된 눈으로 거울 속을 들여다보았어요. 아이는 여전히 거기 있었어요. — 그때 부인은 품 안에 있던 볼프의 머리가 미끄러지는 것을 느꼈어요. 그리고 그 순간 가벼운 연기가 거울 유리 쪽으로 끌려가는 것을 보았지요. 그것은 마치 입김처럼 거울 위를 스쳐 갔어요. 그러더니 유리는 다시 깨끗해졌지요. 하지만 거울 유리 안쪽의 마치 작은 회색 구름 같은 그것은 깊은 곳으로 끌려 들어갔어요. 이제 갑자기 백작 부인은 거울의 깊은 곳에 서로 껴안고 있는 작은 안개와 같은 두 개의 형상을 보게 되었어요.

"비명을 지르며 백작 부인은 벌떡 일어났어요. 그분의 아들은 창백한 얼굴로 꼼짝도 않고 바닥에 누워있었던 서쇼. 푸르게 변한 벌어진 입술이 죽었다는 것을 알려줬죠. — 부인은 소년의 웃옷 가슴 부분을 찢어냈어요. 그러자 소년의 가슴에 검붉게 멍이 들은 것을 보았죠. 얼마 전 어린 쿠노의 가슴에 보았던 것을 말이에요. '하거, 하거!' 그렇게 소리쳤죠. — 왜냐하면, 거울의 비밀을 그분은 몰랐기 때문이에요. '이 건 네 주먹 자국이야! 이 주먹이 네게도 방해가 될 것이다! 하지만 넌 아직은 이 성의 주인이 아니야. 그리고 내가 맹세하건대, 넌 결코 그렇게 될 수 없을 거다!'

"백작 부인은 아래로 내려가 그를 찾았어요. 하지만 대령은 그때 사냥을 하러 이웃에 있는 성으로 말을 타고 갔고, 다음 날에나 돌아온다고 했어요.

"작은아들의 갑작스러운 죽음은 식솔들에게 숨 막히는 공포를 퍼뜨렸어요. 그들은 계단과 복도에 서서 서로 속삭였죠. 그리고 백작 부인이 다가오면 두려워하며 슬며시 그곳을 떠났어요. 밤이 되었어요. 어린 볼프의 시신은 아래로 옮겨졌고, 방에 있는 그녀의 침대에 축 늘어진 채 뉘어졌어요. 하지만 죽은 어린애 옆에서 백작 부인은 진정할 수가 없었어요. 그분은 무기창고로 올라갔죠. 어스름한 푸른 빛 속에 빛을 반사하고 있는 거울 앞에 섰어요. 그리고 거울 안을 노려보며 두 손을 맞잡아 비틀며 있었어요. 그러고는 다시, 마치 갑작스러운 공포에 쫓기듯 그 방에서 뛰쳐나와 침실 문에 다다를 때까지 온 복도를 내 달렸어요. 그리고 문을 등 뒤에서 찰칵 소리가 나도록 잠기게 힘껏 닫았죠. ─ 그렇게 밤이 지났어요.

"다음 날 아침 관리인이 백작 부인의 방으로 들어가려고 했을 때, 그는 그 안에서 화를 내며 격하게 말하는 소리를 들었어요. 그는 막 집으로 돌아온 대령의 목소리를 알아차렸어요. 그리고 곧 백작 부인이 같은 목소리로 대답했죠. 늙은 관리인이 들은 것은 엄청난 증오에 가득 찬 말들이었어요. 머리를 흔들며 그는 문에서 멀어졌어요. '저건 하느님의 심판이야!'라고 말하며 둥근 탑의 평평한 곳으로 가려고 몇 계단을 올라갔어요. 하느님이 주신 신선한 공기가 필요했기 때문이죠.

"난간 위로 몸을 기대고 해가 뜨는 아침을 바라보면서, 그는 혼자 중얼거렸어요. '숲이 참 아름답게 푸르러지는구나! 그런데 모두 다 사라졌어! 착하신 백작 부인도, 백작님도, 내 도련님 쿠노도 그리고 어린 볼프도!' — 그때 안마당에서 말을 마구간에서 끌어내는 소리가 들렸어요. 그리고 조금 뒤에는 말발굽 소리가 도개교 위를 울리더니, 저 멀리 길에서 말발굽 소리가 점점 작아졌어요. 길가에 서 있는 오래된 참나무들 우듬지에서 까마귀들이 저 멀리 하늘로 까악까악 거리며 날아갔어요.

"그 순간 아래쪽에서 여자들의 비명이 울려 올라왔어요. 관리인 노인이 계단을 내려가자, 사람들이 사방에서 그에게로 몰려왔어요. 백작 부인이 살해되어 피를 흘리며 쓰려져 있다는 것이었어요. — '대령은 어디 있나?' 관리인이 물었죠.

'떠났어요!' 안마당에서 올라온 마구간 시종이 말했어요. '키큰 말을 타고요.'

"관리인은 급히 추적할 사람들을 모았지만, 다음 날 아침 거품투성이가 된 말을 타고 모두 아무 성과 없이 되돌아왔어요. ― '그래 죽은 사람들을 묻기나 하자.' 관리인이 말했어요. '그리고 이 훌륭한 상속을 받을 새로운 영주에게 사람을 보내자!'

"그렇게 되었던 거예요." ― 유모는 이야기를 끝마쳤다 ―"지금 백작님의 조상 중의 한 사람에게 지배권이 넘어왔죠. 그분이 혈통으로 봐서 가장 가까웠던 거예요. 그분이 상속을 받은 이후에도 오랫동안 늙은 관리인은 저 아래 문지기 집에 살았다고 하지요. 그는 자신이 사랑했던 주인님들 무덤의 충실한 문지기였어요."

유모가 말을 마치자, 백작 부인은 "정말 놀라운 이야기군요!"라고 말했다. "그런데 그 불행한 두 번째 백작 부인의 전남편 성이 뭐였는지 유모는 알아요?"

"물론 알죠." 유모가 대답했다. "그분이 미망인이었을 때의 성은 그림틀에 적혀 있어요." 그러면서 유모는 일등 귀족 가문의 성 중의 하나를 말했다.

"이상해!" 백작 부인이 외쳤다. "그렇다면 그 사람은 내 조상이야!"

유모는 머리를 흔들었다. "말도 안 돼요." 그녀가 말했다. "마님, 백작 부인님께서 이 사악한 여인의 후손이라고요?"

"정말 분명해요, 유모. 빈에 남겨졌던 그 딸아이는 내 조상 중의 한 사람의 부인이 되었어요."

의사가 들어오는 바람에 대화는 끊겼다. 소년은 여전히 죽음과 같은 혼수상태에 빠져있었다. 의사의 손이 그 작은 몸에서 살아있는 흔적을 찾는 동안에도 깨어나지 않고 있었다.

"애는 낫겠죠, 그죠?" 의사의 과묵한 얼굴을 걱정스레 지켜보던 백작 부인이 말했다.

"그 질문은 인간에게는 너무 과합니다." 의사가 대답했다. "하지만 부인께서는 반드시 주무셔야만 합니다. 그건 꼭 필요한 겁니다." 백작 부인이 반대의견을 말하자, 그가 계속 말했다. "내일 아침까지는 환자에게 아무 일도 안 생길 겁니다. 제가 보장하죠. 유모가 환자를 지켜도 됩니다."

결국, 백작 부인은 설득당했고, 자신의 침실로 갔다. 의사가 백작 부인이 자러 가는 것을 확인할 때까지는 성을 떠나지 않겠다고 말했기 때문이었다.

유모는 의사와 단둘이 있게 되자, 이렇게 물었다. "정말 마님께서 걱정 없이 주무셔도 상관없다고 확신하세요?"

"어느 정도는 그렇습니다."

"그다음은요, 의사 선생님?"

"그다음은, 주인들께서 주무시고 나면, 유모가 그분들께 마음의 준비를 시키셨으면 해요. 아이는 죽을 테니까요."

노파는 슬픈 눈으로 의사를 쳐다보았다. "정말 그래요?" 그녀가 물었다.

"정말 그래요, 유모. 그렇지 않으면 기적이 일어나야만 할 겁니다."

의사는 갔다. 백작 부인 대신 이제 젊은 하녀가 유모와 함께 환자를 지키고 있었다.

유모는 머리를 침대 가장자리에 기대고 어린 쿠노의 창백한 얼굴을 바라보고 있었다. 죽음이 벌써 그의 얼굴에 깊은 윤곽을 그리고 있었다. "기적이!" 유모는 몇 번 중얼거렸다. "기적이 일어나길!"

그때 소년이 베개에서 뒤척였다. "아이들이랑 놀래!" 그가 속삭였다.

노파는 눈을 크게 떴다. "어떤 아이들이랑요?" 그녀가 나지막이 물었다.

그리고 소년은 여전히 잠 속에서 말했다. "거울 속의 아이들이랑요, 유모!"

그녀는 거의 소리를 질렀다. "불행한 아이 같으니, 그래 키프리아누스의 거울을 들여다보았구나! — 하지만 거울은 성구실에 있을 텐데. 그리고 성구실은 벽으로 막아 버렸는데!" — 그녀는 잠시 생각했다. 그러더니 하녀에게 말했다. "얘 우어젤, 빈첸츠를 데려오너라!"

마구간 시종인 빈첸츠가 왔다. — "너 최근에 교회 공사하는 데 있었니?" 노파가 물었다.

"매일 거기 있어요."

"성구실도 헐렸니?"

"벌써 십사일 전에 헐렸는데요."

"거기서 거울 하나 봤니?"

그는 생각해 봤다. "물론이죠. 그건 거기 한구석에 서 있어요. 틀이 쇠로 된 것 같은데, 녹이 잔뜩 슬었어요."

노파는 그에게 커다란 양탄자를 주었다. "거울을 조심스레 감싸거라!" 그녀가 말했다. "그리고 이 방으로 가져오너라! 하지만 조용히 해야 한다. 도련님이 깨지 않게."

빈첸츠가 갔다. 그리고 곧 그와 다른 일꾼 하나가 양탄자로 덮인 키가 큰 물건을 방으로 들여왔다.

"이게 그 거울이냐, 빈첸츠?" 유모가 물었다. 그가 그렇다고 하자, 그녀가 말했다. "거울을 침대 발치에 놓아라. 양탄자를 걷으면 쿠노 도련님이 들여다볼 수 있게."

거울이 놓이고 들고 온 사람들이 나가버리자, 유모는 다시 침대 한 편에 와서 앉았다. "기적이 일어나야만 해!" 그녀는 혼잣말했다. 그러고는 석상처럼 눈을 감고 앉아 있었다. 보이지 않게 그녀의 두려움과 희망이 싸움하고 있었던 것이다. 그녀는 백작 부인이 다시 돌아오길 기다리고 있었다. 하지만 오랫동안 밤을 새운 부인에게서 잠이 완전히 떠날 때까지 노파가 얼마나 오래 기다려야만 할지……

그때 문이 열리더니 백작 부인이 들어왔다. "잠이 오지 않아요, 유모." 그녀가 말했다. "미안해요! 유모는 충실하고 선량하고, 나보다 더 이해심이 많아요. 그리고 난 아이의 침대를 떠나면 안 될 것 같아요."

유모는 여기에 대답하지는 않고 "마님, 제게 한 번만 더 말해주시겠어요."라고 말했다. 심장이 너무 뛰어 거의 말을 할 수가 없을 정도였다. "마님, 그 나쁜 부인이 마님의 조상이란 게 정말 확실한가요?"

"분명해요. 그런데 왜 묻는 거죠, 유모?"

유모는 일어섰다. 그리고 확고한 손길로 거울 앞에 쳐진 양탄자를 걷어냈다.

그러자 백작 부인이 크게 소리쳤다. "얘야, 얘야! 저게 키프리아누스의 거울이야!" — 그녀가 거울의 부드러운 빛에 눈길을 던지자, 그 안에 어린 쿠노가 눈을 뜨고 베개에 누워있는 것이 보였다. 그녀는 미소를 지으며 아이를 바라보았다. 아이의 뺨에는 엷은 막처럼 건강한 붉은빛이 번졌다. 그녀는 몸을 돌렸다. 아이는 이미 몸을 일으켜 앉아 있었다. 활기차고 활짝 핀 채로.

"아이들이야, 아이들!" 소년이 맑게 울리는 목소리로 외쳤다. 그리고 팔을 거울을 향해 뻗었다.

"어디에 있는데?" 백작 부인이 물었다.

"저기요, 저기!" 유모가 외쳤다. "보세요, 그 애들이 미소를 지어요. 그 애들이 고개를 끄덕거려요. 아! 그리고 애들이 날개를 가졌어요. 저 애들 두 명은 천사예요!"

"무슨 소리예요?" 백작 부인이 말했다. "난 안 보여요."

"저기요, 저기!" 어린 쿠노가 다시 말했다. — "아!" 쿠노가 다시 슬프게 말했다. "이제 그 애들은 날아갔어요."

그때 유모는 의자에 털썩 주저앉았다. "우리 쿠노 도련님이 살아났어요!" 그녀가 외쳤다. 그리고 커다랗게 훌쩍거리기 시작했다. "마님의 사랑이 그렇게 했어요. 노 의사의 거울에서 저주를 없앴어요!"

하지만 백작 부인은 그대로 서서, 생각에 잠겨 미소를 지은 채로 거울을 들여다보고 있었다. 거울 표면에 마치 향기처럼 분홍빛 작은 구름이 떠돌았다. 그리고 자는 아이의 얼굴이 거기서부터 선명하게 내비쳐 보였다. "아기가 아들이면 볼프라고 할 거야!" 그녀는 나직이 속삭였다. "이제 기도해요, 유모, 이 아이들이 언젠가 같은 이름을 가졌던 그 아이들보다 행복해지도록!"

작품 소개

테오도르 슈토름(1817-1888)은 독일 사실주의의 대표적 작가로 북독일적 정서가 담긴 소설, 노벨레, 시를 남겼다. 그와 그의 작품은 사실주의에 속했지만, 슈토름은 노년에 이르러서도 여전히 낭만주의의 "금빛 광채"를 느끼고 있었다. 따라서 그의 산문작품 중에는 노벨레라는 사실주의적 장르와 함께 동화와 괴담 역시 특별한 역할을 한다.

슈토름은 대학 시절부터 동화에 관심이 있어, 《한스 베어 Hans Bär》(1837), 《어린 해벨민 Der kleine Häwelmann》(1849), 《힌첼마이어 Hinzelmeier》(1850)와 같은 작품을 썼다. 초기의 동화는 어린이를 위한 것이기보다는 알레고리적 특성을 가진 낭만주의적 예술동화이다. 괴담 이야기인 《벽난로 앞에서 Am Kamin》(1862)와 함께 이 동화들은 구성이나 주제 면에서 그의 사실주의적 노벨레와 확실히 구분된다. 슈토름의 산문 작품에서 이와 같은 사실주의적 전통과 낭만주의적 전통의 확실한 구분이 사라지는 것은 1864/65년에 발표된 세 편의 동화 즉《레겐트루데》,《불레만의 집》,《키프리아누스의 거울》이다.

1863년 슈토름은 고향 후줌이 속한 슐레스비히 홀슈타인이 덴마크에 귀속되는 정치적 상황을 맞게 된다. 그는 고향의 정치적 상황을 잊기 위해 "환상의 먼 나라"로 도피했고, 그 결과 그가 "20년 동안이나 원했던" 동화를 짧은 기간 안에 세 편이나 완성하였다. 슈토름은 유사한 시기에 창작하고 발표한 이 동화들이 서로 연결되어 있다고 했다. 이들은 개별적으로 발표되었다가, 1865년《키프리아누스의 거울》이 발표된 것과 거의 같은 시기에 다른 두 편과 함께《세 편의 동화》라는 제목의 책으로 출판하였다. 이 책 표지에는 출판연도가 1866년으로 찍혔으나, 이미 1865년부터 판매되었다.

이 동화들은 낭만주의 동화의 특성과 함께 사실주의 노벨레의 특성을 동시에 갖고 있다. 현실과 동떨어진 아름답고 기괴한 상상뿐만 아니라, 현실을 살아가는 인간들의 어두운 내면, 탐욕, 이기심 등의 소재를 사실적으로 다루고 있다. 따라서 슈토름의 동화는 발표 당시부터 논란이 되었다. 그의 친구 브링크만은《레겐트루데》가 진정한 동화인지 알레고리인지 의심

하였고, 《키프리아누스의 거울》은 "공포 드라마 Schauerstück"라고 단정했다. 슈토름은 이러한 반응에 서운함을 감추지 않았다. 이 작품들이 그때까지 자신이 다루지 않았던 소재들을 다루기는 했지만, 자신 이외 다른 누구도 이러한 작품의 작가가 될 수 없을 것이며, "이 동화들은 독일 문학에서 오래 살아남을 것"이라고 확언했다.

《레겐트루데 Die Regentrude》

1864년 발표된 이 동화는 세 편의 동화 중 민속 동화적 특징을 가장 많이 갖고 있다. 그중 두드러지는 것은 이름을 통한 역할 부여이다. 대부분 민속동화에서 주인공들은 이름이 없다. 특히 그들이 왕자나 공주일 경우는 이름이 없다. 농부나 농부의 자녀들은 이름을 갖고 있으나 지극히 일반적인 이름을 갖고 있으며, 때로는 그들의 출생이나 외모, 혹은 능력을 나타내는 이름으로 불리는 경우가 많다. 슈토름은 자신의 동화의 인물들에게 이러한 특징을 부여한다. 레겐트루데 Regentrude는 비를 뜻하는 레겐 Regen과 여성의 이름 트루데 Trude가 합해진 이름으로, 비를 내려주는 정령 혹은 요정으로 생산과 풍요를 대변한다. 반면 포이어만 Feuermann은 불 Feuer과 남성 Mann이 더해져, 그 이름만으로도 여성인 레겐트루데와 상반된 존재임을 알 수 있다. 목초지에서 건초를 생산하는 농부도 마찬가지이다. 그는 이름 없이 비젠바우어 Wiesenbauer(목초 재배 농부)로 불린다. 가뭄을 통해 부를 축적하는 그는 힘들여 노동하지 않는 인물, 자연의 재해를 통해 이득을 얻고 물질의 힘만을 믿는 인물이다. 개인을 지칭하는 이름 없이 그의 역할을 나타내는 직업 명칭만 붙여졌다. 이렇게 역할을 의미하는 전형적인 동화적 명칭을 가진 인물들은 사건의 배경을 만든다.

반대로 사건을 진행하게 하는 주인공들은 개성과 함께 개인을 나타내는 이름을 갖고 있다. 마렌 Maren, 안드레스 Andres, 슈티네 Stine 부인은 자신들의 역할을 적극적으로 수행하는 인물들로서, 그들은 시민사회 혹은 슈토름이 지향하는 조화된 사회를 대표할 수 있는 인간집단을 대변하기도 한다. 마리아에서 변형된 이름인 마렌은 그 이름대로 시민사회 여성의 이상으로 구체화되어 있다. 마리아에서부터 발전된 여성상은 신을 경외하며, 부모와 남편에게 순종하고, 이웃에 선을 행하는 여성상이다. 마렌은 아버지를 공경하지만, 남편이 될 안드레스와 그로 대변되는 가뭄에 시달리는 이웃을 돕기 위해 레겐트루데를 찾아 나선다. 그녀의 이러한 행동은 가뭄을 이용해 돈을 버는 아버지에게는 방해되는 행동이지만, 남편에게 순종하며 타인을 배려하는 전형적인 시민사회 여성의 이상형을 보여준다. 슈티네 부인은 과거 자신의 할머니가 레겐트루데를 깨웠던 것을 기억하고 있고, 가뭄의 원인이 레겐트루데 때문인 것도 알고 있다. 할머니의 술을 여전히 보관하고 있는 그녀는 과거를 기억하고, 현재에 연결하는 매개자의 역할을 한다. 마렌의 남자친구인 안드레스 역시 그 이름에 어울리는 성격과 행동을 보여준다. 안드레스라는 이름은 그리스어의 "andreia"에서 온 것으로 용기, 용감, 남성다움이라는 뜻으로, 이름대로 이상적 남성상을 나타낸다. 그를 통해 제시되는 남성상은 마렌의 아버지가 보여주는 이기적이고 지배적인 상이 아니며, 물질만을 믿는 현실적 인간이 아니다. 땀을 흘려 농사짓는 농부로서 자연과 조화를 이루고, 그를 위해서는 위험을 감수할 줄 알며, 그의 어머니와 같은 지혜로운 인물들이 전해주는 삶의 지혜를 겸허하게 받아들일 줄 아는 인물이다. 슈토름은 안드레스를 통해 자연과 인간, 남성과 여성의 조화를 추구하는 인물을 진정한 남성상, 진정한 인간상으로 제시한다.

이들 세 사람이 믿는 레겐트루데는 기독교 이전의 자연신으로, 그녀가 인간에게 비를 내려주고 풍요를 보장하면, 인간은 그에 대한 감사의 표시로 공물을 바쳤다. 그러나 이러한 관계가 깨진 뒤, 마렌의 아버지처럼 새로운 종교를 믿는 사람들은 인간의 이성을 믿고 물질을 믿었다. 가뭄은 둘 사이의 관계가 깨졌기 때문에 일어났다. 슈티네 부인의 할머니, 슈티네 부인, 마렌과 안드레스는 레겐트루데를 기억하고 믿는 인물들이다. 레겐트루데는 과거, 현재, 미래를 하나로 통합하는 존재로서, 레겐트루데에 대한 믿음은 세상의 존속을 위한 필수적 요소라 할 수 있다.

슈토름은 동화의 형식을 빌었지만, 인물의 내면묘사나 세밀한 사실주의적 배경 묘사는 동화의 단순한 서술을 넘어선다. 이러한 세밀한 표현을 통해 현실 세계와 환상 세계의 인물의 거리가 없음을 더욱 상세하게 나타내고, 전통적인 민속동화의 특성, 즉 현실과 환상의 공존이 더욱 두드러지게 한다.

《불레만의 집 Bulemanns Haus》

1863년 12월 말 《레겐트루데》를 마치자마자 슈토름은 곧바로 《불레만의 집》을 구상했다. 민속동화의 특성을 많이 포함하고 있는 《레겐트루데》와는 달리 이 동화는 노벨레에 가깝다. 사건이 벌어지는 불레만의 집과 거리를 구체적으로 서술하며 사실성을 부여한다. 아무도 들어가고 나오는 것을 본 적이 없는 이 집은 외부의 사람들에게는 그냥 빈집일 뿐이다. 하지만 그 집 안에는 외부와는 다른 세계가 존재하고 있다. 가끔 안에서 들리는 소리나 창으로 어떤 모습이 비치기는 하지만, 건물 밖 현실 세계의 사람들은 단순히 헛것을 보고 들은 것으로 치부하려 한다.

공간적으로 볼 때《불레만의 집》에서 환상과 현실의 세계는 《레겐트루데》에서보다 훨씬 더 가까이 있다. 두 공간은 완전히 동일한 평면에 존재하며 집의 안팎으로만 구분된다. 현실과 환상은 동일한 시간, 동일한 공간에 있지만 융합될 수는 없는 서로 다른 세계로 존재한다. 바깥세상, 즉 불레만의 집이 놓여 있는 거리는 현실 세계이다. 여기에 속한 사람들은 불레만의 집 안에서 있었던 일, 그리고 여전히 존재하고 있는 환상의 세계에 대해 모르고 있으며 듣고 본 것조차 믿으려 하지 않는다. 그러나 외부 사람들이 불레만의 집 안에서 들은 커다란 맹수들이 뛰어 오르는 소리, 창문 너머로 보인 늙은 남자의 얼굴은 실제로 존재한다. 현실과 환상의 세계는 벽 하나를 사이에 두고 서로 바라볼 수 있는 세계이지만, 두 세계는 철저하게 분리되어 있다. 환상의 세계에서는 현실을 인지하고 있는데, 현실의 세계에서는 환상의 세계를 보면서도 믿지 못한다.

슈토름은《레겐트루데》에서도 인간이 자연의 세계, 신화의 세계로 다가갈 때 조화로운 세계가 열림을 암시했다.《불레만의 집》에서도 이러한 그의 생각은 변함이 없다. 현실과 '다른' 세계에 존재하는 불레만은 인산들이 관심을 두기 진에는 그곳에서 벗어날 수 없다. 불레만이 존재하는 그 세계는 인간과 조

화를 이뤄야 할 세계가 아니라, 인간이 피해야 할 세계라는 것
이 다를 뿐이다. 불레만은 이 세계 속에서 고독이 주는 두려
움을 깨닫고, 물질에서 벗어나 타인에게 다가갈 준비가 되어
있다. 자주 고독에 대한 두려움을 서술했던 슈토름은 이 감정
이 응축된 하나의 세계를 《불레만의 집》에 구현했고, 그러한
환상의 세계를 통해 인간이 가진 탐욕, 이기심 등에 대해 경
고를 하고 있다.

《키프리아누스의 거울 Der Spiegel des Cyprianus》

《키프리아누스의 거울》에서는 동화적 특성과 노벨레적 특성이
더욱 두드러진다. 민속동화의 거울 모티브뿐만 아니라, 계모와
그녀의 음모로 인한 희생, 선과 악의 대립, 선의 승리 등 전형적
인 민속동화의 요소를 갖고 있다. 이와 함께 스웨덴과의 전쟁이
라는 역사적 사실, 인물들의 외모와 성격에 대한 구체적인 묘사,
내적인 갈등, 인물 간의 대립, 액자 소설적 구성 등을 통해 노벨
레적 특성을 강하게 보여준다.

작품 시작에서 《키프리아누스의 거울》의 배경이 되는 성이
위치한 곳은 《레겐트루데》나 《불레만의 집》과는 달리, 슈토름과
관련된 시대와 장소 어떤 것과도 연관이 없어 보인다. 단지 성이
위치한 곳의 전경이 노벨레에서처럼 상세히 묘사될 뿐이다. 하

지만 이 동화에서도 배경과 현실의 직접적인 상관관계는 되풀이된다. 단순한 지명이 아닌, 30년 전쟁이라는 역사적 사건이 언급됨으로써 이곳이 가상 세계의 어느 곳이 아닌, 현실의 한 장소임을 분명히 해준다. 이러한 배경 속에서 현실적인 이야기가 전개된다. 가난한 귀족 처녀와 백작의 사랑, 유혹적인 여인으로 인한 그의 배신, 그리고 재결합, 새 백작 부인이 보여주는 진정한 모성애 등은 시민사회에서 일어나는 현실의 한 부분을 반영한다. 이러한 현실의 이야기를 과거의 사건으로 이끌어 주는 것은 동화적 소재인 거울이다. 후세에 강력한 마법사로 전해지는 키프리아누스가 만든 이 거울은 그림동화의 〈백설공주〉에서처럼 직접 말을 하지는 않지만, 선한 사람들에게 미래를 암시하고, 그 앞에서 행해진 악한 일은 되풀이하는 힘을 가진 마적 사물이다. 이 거울과 직접적으로 관련되었던 과거의 인물들은 동화의 두드러진 특색인 선악의 대비를 보여준다. 그러나 이들은 민속동화에서 나타나는 것과 같은 개성 없는 존재들이 아니다. 슈토름은 이름을 통해, 혹은 외모를 통해 그들의 개성을 서술한다. 예를 들어 악을 대변하는 과거의 새 백작 부인은 "남자들에게 특히 나이 든 남자들에게 아주 위험한, 금빛 붉은 머리를 가진 한 마리 작은 여우"와 같은 인물로 "경쾌하게 머리를 뒤로 젖히고 있으며, 그 입은 달콤하고 은밀하게 미소 짓고", "뒷머리에서 끌어내려 양 옆 가슴으로 늘어뜨린 황금빛 곱슬머리가 흰 목덜미 위로 나풀거리는" 아름다운 여인이다. 아름다움을 통해 그녀의 순수하지 않은 내면까지 묘사되어 있다. 또한, 그녀를 도와 전 백작 부인의 아들 쿠노를 살해한 하거 Hager는 "마른, 수척한"이라는 그의 이름의 뜻처럼 "각이 진 이마에 작고 잔인한 눈매의 마르고 뼈가 불뚝불뚝 솟은 남자"라는 것이 상세히 서술되어 있다. 이러한 인물들은 동화적 인물들이라기보다는 노벨레적 인물들에 더 적합하다. 인물들은 내적 갈등에 시달리고, 그들의 죄악과 고통이 전체 줄거리를 이루고 있다. 하지만 노벨레적 인물들과 사건들은 '키프리아누스의 거울'이라는 소재가 없이는 연결되지 않는다.

거울 앞에서 행해진 악은 단순한 살인이 아니라, 탐욕의 결과이다. 키프리아누스의 거울은 이 결과를 다시 반사하여 또 다른 죽음을 불러일으키고, 속죄양이 나타나 모든 것을 해결할 때까지 아무런 역할도 하지 않는다. 전처의 아들을 위해 헌신하는 현재의 백작 부인이 과거에 악을 행한 백작 부인의 후손으로서, 그녀가 키프리아누스가 말한 '속죄양'임이 밝혀지면서 집안의 저주는 끝이 나고 거울의 힘은 회복된다. 거울의 원래 기능은 외부의 것을 있는 그대로 비춰주는 것이다. 키프리아누스의 거울이 가진 성스러운 힘도 인간의 현실에 좌우된다.

이 거울은 외부의 사물이 아니라 인간 내면의 희망이나 행위를 비춰준다.

*이 글은 《독일어문학》(2005, 28집)에 〈사실주의 동화의 예로서의 슈토름의 세 편의 동화 《레겐트루데》, 《불레만의 집》, 《키프리아누스의 거울》 — 환상성과 현실성, 독일어문학〉으로 발표한 논문을 요약, 수정하였음을 밝힌다.

세 편의 동화

초판 1쇄 인쇄 2015년 7월 10일
초판 1쇄 발행 2015년 7월 17일

지은이 테오도르 슈토름
옮긴이 이미선
발행인 신현부
발행처 부북스

주소 서울시 중구 동호로17길 256-15
전화 02-2235-6041
팩스 02-2253-6042
이메일 boobooks@naver.com

ISBN 978-89-93785-75-3 04850

이 도서의 국립중앙도서관 출판예정도서목록(CIP)은 서지정보유통지원시스템 홈페이지
(http://seoji.nl.go.kr)와 국가자료공동목록시스템(http://www.nl.go.kr/kolisnet)
에서 이용하실 수 있습니다. (CIP제어번호 : CIP2015017785)